光文社文庫

文庫書下ろし／長編時代小説

よこはま象《しよう》山《ざん》揚げ

南蛮おたね夢料理(八)

倉阪鬼一郎

光　文　社

この作品は光文社文庫のために書下ろされました。

目次

第一章　茸《きのこ》づくし

一

茸がうまい季《とき》になった。

文久二年（一八六二）の秋だ。

芝伊皿子坂《しばいさらござか》の夢屋《ゆめや》でも、昼に茸づくしの膳《ぜん》が出た。

まずは茸ご飯だ。松茸《まつたけ》に椎茸《しいたけ》に占地《しめじ》、三種の茸に油揚げを加えて炊く。茸は三種をまぜると、ともに味を引き出してことのほかうまくなる。味を存分に吸う油揚げも隠れた名役者だ。

お焦げが香ばしい茸ご飯に、松茸のお吸い物、さらに、肉厚の椎茸の天麩羅《てんぷら》と占地の白和《しらあ》えの小鉢もつく。まさに茸づくしの膳だ。

「おーい、まだか？」

「腹が減って死にそうだぜ」

座敷に陣取った大工衆が手を挙げた。

「はいはい、ただいま。ちょっとどいてね、かなちゃん」

おかみのおたねが娘に声をかけた。

早いもので、娘のおかなは数えで二つ、満でも一歳を越え、立ってちょこちょこ動くようになった。ただし、まだまだ母親べったりだから、昼の膳運びのときはいささか難儀だ。下手《へた》に邪険にしたりすると、顔じゅうを口にしてわんわん泣きだすから扱いに困る。

「あ、わたしやりますので、おかみさん」

夢屋を手伝っているおすみが助け船を出してくれた。

「わたしも手が空きますから」

夫の太助《たすけ》とともに串の持ち帰り場を切り盛りしているおよしも手を挙げる。

「ありがとう。助かるわ」

おたねは答えた。

「そりゃ、母ちゃんは子が離してくれねえからよ」

「仕方ねえぜ」

「おっ、来た来た」

座敷の客がおすみから膳を受け取った。

よろずにそんな調子で、おかなの相手をしながらだと、膳をいくらも運べなかった。

「お昼どきの母さんは忙しいからね。ねこさんと遊んでなさい」

おたねは見世《みせ》の横で寝そべっている親子の猫を指さした。

母親がさちで、せがれがふじ。ともに目が青い白猫で、しっぽにだけ縞模様が入っている。縁あって夢屋で飼われるようになってもうだいぶ経《た》つ。

「そんなこと言ったって、おたねさん」

厨《くりや》で手を動かしながら、おりきが笑った。

夢屋の女料理人で、太助の母だ。いかにも肝っ玉母さんという雰囲気で、夢屋の人々と常連客の信頼は厚い。

「おいらが遊んでやるよ。ちょっと待ってな」

持ち帰り場の手伝いをしていた春吉《はるきち》が言った。

「悪いわね、春ちゃん」

おたねが言う。

「うん、いいよ」

春吉は大人びた口調で答えた。

「さすがだな。来年から寺子屋へ通うだけのことはあるぜ」

海老《えび》の串を揚げながら、父親の太助が言った。

持ち帰り場の串は夢屋の名物だ。海老や甘藷《かんしょ》やはんぺんなどをからりと揚げ、たれにつけて出す。甘だれと辛だれ、二種のたれを選べるのが自慢だ。揚げたての串を持ち帰り場の前の長床几《ながしょうぎ》に座って食してもいいし、舟をかたどった薄い器に入れて持ち帰ることもできる。揚げた分は遅かれ早かれ売り切れるのが常だ。

「もう寺子屋かい」

「ひょっとして隣か？」

客の一人が夢屋の奥を指さした。

「ひょっとしなくたって、そうっすよ。せっかく隣にあるんだから」

太助は笑って答えて、串の油をしゃっと切った。

「お、ちょうど声が聞こえてきたな」

「いい声で読んでるぜ」

座敷の客が耳に手をやった。

夢屋の建物は一風変わった造りで、伊皿子坂に沿って長屋が建っている。坂の下手《しもて》のほうが夢屋だが、上手《かみて》のほうは寺子屋で、近在のわらべが通っていた。

寺子屋の師範をつとめているのは、おたねの夫の光武誠之助《みつたけせいのすけ》だ。万能の天才と言われる佐久間象山《さくましょうざん》の弟子で、諸学を修めた誠之助が、若い弟子の政太郎《まさたろう》とともにわらべたちを教えている。元気よく『論語』の素読をするわらべたちの声は、折にふれて夢屋にも届いた。

「こっちの音もいいな」

「ぱりっと揚がった天麩羅を嚙《か》む音だな」

箸《はし》を動かしながら大工衆が言った。

「衣が厚すぎねえのがいい按配《あんばい》だ」

「椎茸が肉厚で、じゅわっと口ん中でうまさが広がるぜ」

「炊き込みご飯がまたうめえ」

「吸い物には松茸がふんだんに入《へえ》ってるしよう」

客の顔に、次々に笑みが浮かんだ。

「ありがたく存じます」

おかみのおたねのほおにもえくぼが浮かぶ。

夢屋の茸づくしの膳は、好評のうちに売り切れた。

二

昼の膳が終わると、短い中休みを経て、夢屋は二幕目に入る。

昼は合戦場のような忙しさだが、二幕目は腰を据えて呑む客がもっぱらだから、時はおのずとゆるやかに流れる。

二幕目の肴《さかな》には一風変わったものも出る。甘藍《かんらん》（いまのキャベツ）などの南蛮野菜を使った料理などは、ちょっとよそでは出ないものだ。

そういった風変わりな料理を思案するのは、おりきよりおかみのおたねのほうが得手だ。医者の娘で、本名は志田多根《しだたね》という。初めは医者を志していたのだが、縁あって誠之助と結ばれ、紆余《うよ》曲折《きよくせつ》を経て伊皿子坂に夢屋ののれんを出すようになった。少し洋学をかじったことがあるおかげか、南蛮風の料理に知恵が出る。「南蛮おたね」と言われるゆえんだ。

「いい按配に漬かってるね」

そのおたねに向かって、夏目与一郎《なつめよいちろう》が笑みを浮かべて言った。

「このたびは甘酢にしてみたんです」

おたねが答える。

「甘藍には苦みがあるから、そのほうがいいかもしれない」

夏目与一郎はそう言って、甘藍の酢漬けを口に運んだ。

もとは町方の与力《よりき》だが、だいぶ前に辞めていまは楽隠居だ。岡目八目《おかめはちもく》をもじった海目四目《うみめよんもく》という雅号をもつ狂歌師でもある。

なにかと気の多いたちで、おのれの畑で甘藍などを育てている。初めのうちはごわごわしてとても食せなかったが、このところはだいぶ良くなってきた。

調理法も、丸蒸しにしたり炒め物に入れたり、いま出している酢漬けにしたり、さまざまな料理が編み出されてきた。常連中の常連の夏目与一郎が育てた甘藍を、おたねとおりきが知恵を出して調理し、みなで舌だめしをして料理をつくりあげていく。夢屋の料理はこうして磨かれてきた。

「軸のところは甘みがあるから、ことにうまいね」

平べったい顔の武家が笑みを浮かべた。

その名も平田平助《ひらたへいすけ》。近所に住む気のいい武家で、無役の小普請組《こぶしんぐみ》で暇なのをいいことにちょくちょく夢屋に顔を出してくれる。水練の名手で、夏には芝の海でいくたびも人を救《たす》けていた。

「味噌汁の具にすると、存外にうまいですからな」

隠居の善兵衛《ぜんべえ》が武家に言った。

若いころは美男の駕籠屋《かごや》として鳴らし、錦絵にもなったというのが自慢だ。髷《まげ》がすっかり白くなったいまも昔日《せきじつ》の面影は残っている。

「西洋じゃポートーフーなどの具になってるからね。もっと広まればいいんだが」

夏目与一郎はそう言って、また酢漬けをこりっと嚙《か》んだ。

佐久間象山からも知恵をもらったポートーフーは、観音汁とその名を和風に改め、夢屋の名物料理の一つになっている。

「西洋っていえば、横浜《よこはま》のほうで大事《おおごと》が起きたそうですね」

おたねがいささか案じ顔で言った。

「英吉利人《いぎりすじん》が無礼討ちになった件だね」

夏目与一郎が箸を置いた。

「仕返しがあるんじゃねえかって、もっぱらのうわさだが」

善兵衛が言う。

「英吉利が攻めてくるんですか？」

おたねの眉間に縦じわが浮かんだ。

「いや、斬ったのは薩摩《さつま》の藩士だから江戸《えど》には来ないだろうけど、物騒なことになったもんだね」

夏目与一郎はそう言って腕組みをした。

三

夢屋で話題になっていた事件は、のちに生麦《なまむぎ》事件と呼ばれることになる。

文久二年八月二十一日（旧暦）、残暑の厳しい晴天だったと伝えられている。未《ひつじ》の刻《とき》（午後二時）、生麦村（現在の横浜市鶴見《つるみ》区生麦）で凄惨な事件が起きた。

四人の英国人が馬に乗って川崎《かわさき》大師に向かっていたところ、折あしく大名行列に遭遇した。薩摩藩主、島津久光《しまづひさみつ》の行列だ。

商人のリチャードソンをはじめとする四人は、意図的に大名行列を侮辱するつもりはなかった。そういった高貴な者の行列に出くわしたときは、脇に控えて道を譲ることも心得ていた。

さりながら、狭い街道で大名行列に遭遇したことに狼狽《ろうばい》し、焦りが生じてしまった。

人の焦りは馬に伝わる。元来が臆病なたちの馬はすっかり取り乱して御しきれなくなった。

その馬が行列を乱した。

大名行列を乱す狼藉《ろうぜき》を供割《ともわ》りと呼んだ。この供割りを犯した者は、斬り捨て御免の無礼討ちの対象だった。

とはいえ、薩摩藩士は問答無用で斬り捨てたのではなかった。

「脇へ寄れ」

「下がれ、無礼者」

いくたびもそう警告を発していた。

だが、ひとたび狂騒状態に陥った馬を御すことはできなかった。四人の英国人はさらに行列を乱した。

もはや、これまで。

一人の薩摩藩士が堪忍袋の緒を切った。

藩主の乗る駕籠の脇に控えていた供頭《ともがしら》の奈良原喜左衛門《ならはらきざえもん》だ。

奈良原は薬丸自顕流《やくまるじげんりゅう》の遣い手だった。示現流《じげんりゅう》の流れを汲む薩摩藩の剣法で、初太刀《しょだち》にすべてを賭ける。

その渾身の一刀が、リチャードソンの腹を物の見事に斬り裂いた。まさしく一撃必殺の剣だ。

リチャードソンは暴走する馬にしがみついて逃げたが、ほどなく落馬してとどめを刺された。

残る三人のうち、クラークは重傷を負ったが、からくも一命をとりとめた。ただし傷は深く、生涯その後遺症に苦しむことになる。マーシャルは浅傷《あさで》で、のちに回復した。

ただ一人の女性のボラデール夫人はかすり傷で、馬を駆って横浜の居留地に戻って急を告げた。

ただし、あまりの怖ろしさに、途中いくたびも落馬したと伝えられている。

四

「横浜の出見世のほうは大丈夫かねえ」

肴の焼き松茸をつくりながら、おりきが言った。

「そんなところまで、とばっちりは受けないと思うけど」

おたねが小首をかしげる。

しばらく春吉に遊んでもらったおかなは、満足したのかいまは背で寝息を立てている。

ひと頃よりずいぶん重くなった。

「黒船が到来してこのかた、海にうねりが出はじめましたからなあ」

泳ぎの名手の平田平助が身ぶりをまじえて言った。

「ことに横浜の居留地は、にぎやかだが物騒でもあるからね」

夏目与一郎が言う。

「この子が歩けるようになったら、みなで横浜の出見世へ行こうっていう話を前からしてるんですけど」

おたねが背中をちらりと見て言った。

「まあ、誠之助さんがいれば大丈夫だろうがね」

「異人にからまれたって、言葉をしゃべれるんだから」

夏目与一郎と平田平助が太鼓判を捺《お》した。

「聡樹《そうじゅ》さんだっているんだし」

持ち帰り場から太助も言った。

夢屋は横浜に出見世がある。と言っても、伊皿子坂の本店のような飯屋ではない。本店の持ち帰り場だけを取り出して出見世にしたような按配で、串揚げをもっぱらにあきなっていた。

出見世のあるじは、誠之助の弟子の坂井《さかい》聡樹だ。

洋学に通じた有為の青年だが、横浜の居留地で活きた学問をしたいという念願があり、進んで手を挙げて出見世のあるじになってくれた。かねてより英語と日本語を対訳させた簡単な字引を編んでいる。作業はかなり進んでいて、来年には開板《かいはん》の見込みだと聞いた。

「ま、なるようになるさ」

善兵衛が笑みを浮かべたとき、肴が出た。

まずは焼き松茸だ。

これはもう余計な知恵はいらない。焼きたてに醬油をたらし、はふはふ言いながら食せば、まさに口福の味だ。

「秋はこれにかぎるね」

夏目与一郎の眉が下がる。

「今年も秋まで生きてて良かったたっていう味ですな」

気のいい武家も和した。

続いて、夏目与一郎が育てた甘藍を使った料理が出た。

「おたねさんと相談してつくったんだがねえ」

おりきが自信なさげに言った。

「お、甘藍の軸と松茸の煮浸しか」

夏目与一郎がいくらか身を乗り出した。

「なら、さっそく」

善兵衛が箸を伸ばす。

甘藍の軸のところは、ゆでると甘みが出る。それと旬の松茸を合わせた煮浸しだ。

「悪くないと思うがな」

平田平助が言った。

「たしかに……ただ、べつに甘藍じゃなくてもいいような気もする」

当の育ての親が首をかしげた。

「小松菜とか三河島菜とかですな」

と、隠居。

「それに、ゆでてしぼった菊の花なんぞを添えたら、風情が出ていいかもしれないね」

もと与力の狂歌師が笑みを浮かべたとき、わらべの声が幾重にもかさなって響いてきた。

「あ、終わったわ、寺子屋」

おたねが言った。

「なら、まかないの支度をしないと」

おりきがぽんと二の腕をたたいた。

五

「はいはい、順番だよ」

太助がわらべたちを並ばせた。

寺子屋帰りのわらべたちは持ち帰り場で串を買って食べる。

もっとも、値の張る海老にはめったに手を出さない。もっぱら、はんぺんか甘藷だ。多くは甘だれで、長床几に並んで腰かけてわいわい言いながら食す。

教えるほうの誠之助と政太郎には、いままでありつけなかったまかないの食事が出る。

今日は茸焼き飯だ。ここにも甘藍の軸が入る。葱《ねぎ》と一緒に甘藍の軸を細かく刻み、茸とともに焼き飯の具にすればすこぶるうまい。

「来年から寺子屋だから、よろしくね」

およしが春吉を手で示してわらべたちに言った。

「わあ、春ちゃんも寺子屋に？」

「まかしといて」

わらべたちが答える。

「この子はまだ？」

わらべの一人がおかなを指さしてたずねた。

目覚めて母の背中から下り、とことこ歩いてふじを追いかけているところだ。

「そりゃ、まだよ」

おたねは笑って答えた。

「でも、あっと言う間っすよ、子が育つのは」

足りなくなったはんぺんの串を揚げながら、太助が言った。

「そうねえ。そのうち、春ちゃんと一緒に寺子屋へ行ったりするかしら」

おかなの姿を見ながら、おたねは妙にしみじみと言った。

秋の日ざしは穏やかだ。娘が動くにつれて、小さな影も一緒に揺れる。

そのさまに、在りし日のおゆめの姿がふと重なった。

おかなの姉だ。

ふと目をやると、秋の空は抜けるように青かった。

おゆめは、そこにいた。

たった三つでおゆめが天に召されてから、もうかなりの時が経った。

六

安政二年（一八五五）の十月のことだから、早いものでもう七年前になる。

突然、江戸の町を襲った地震でおゆめは命を落とした。世に言う安政の大地震だ。つぶれた家の下敷きになったのではない。地震のあとに起きた火事の煙に巻かれてしまったのだ。

当時、おたねと誠之助は上野黒門町《うえのくろもんちょう》に住んでいた。二人で寺子屋を営んでいたから、よそさまから預かったわらべたちを逃がすことで精一杯だった。

そのせいで、二階で昼寝をする習慣があったおゆめを助けるのが遅れてしまった。誠之助が必死に救助に向かったが、時すでに遅しだった。

死に顔が穏やかだったことだけが救いだった。おゆめは眠っているように見えた。

返す返すも痛恨だった。

おゆめは利発な子だった。まだ三つなのに、大きくなったらお医者さまになって世の人々を救うと言って驚かせた。

そのおゆめを、たった三つで死なせてしまった。

そう思うと、身を切られるようにつらかった。

それでも前を向いて、おたねと誠之助は歩いた。

安政の世は災い続きだった。地震のほかにも、大あらしと高波や火事やコロリの蔓延《まんえん》など、次から次へと荒波が押し寄せてきた。

その波にもまれながらも、おたねと誠之助は夢屋ののれんを護《まも》ってきた。

夢屋の夢は、おゆめの「ゆめ」だ。

ゆめ、と染め抜かれた明るい萌黄《もえぎ》色ののれんは、おゆめの生まれ変わりだ。風がはたはたとのれんを揺するたびに、おたねは訪れめいたものを感じていた。

のれんはいくたびも新調した。おゆめは夢屋の永遠の看板娘だ。のれんに生まれ変わって、この先もずっと一緒に生きつづける。

古いのれんも決して捨てなかった。手拭《てぬぐい》にしたり、巾着《きんちゃく》にしたり、その用向きを変えて長く使いつづけた。

こうして悲しみが少しずつ薄れていったころ、おたねはまた子宝に恵まれた。

夢がかなうようにおかなと名づけられた娘は、亡きおゆめが向こうから遣わしてくれたかのようだった。

おゆめが生きていれば、もう十歳になる。

あれから時は流れた。

七

「やっぱり焼き飯の具のほうがいいね、甘藍は」

育ての親の夏目与一郎が言った。

「そうですね。こりこりしてうまいです」

まかないの焼き飯を食しながら、誠之助が答えた。

「刻んだはんぺんも存外に合いますね」

その隣で、政太郎が言った。

おすみの兄で、金杉橋《かなすぎばし》の薬種《やくしゅ》問屋、大黒堂《だいこくどう》の跡取り息子だ。誠之助のもとで洋学を学び、寺子屋を手伝うかたわら、見世にも顔を出しているからなかなかに忙しい。

「ところで、生麦で起きた事件の話をしてたんだが、誠之助さんの考えはどうだい。英吉利は黙っちゃいないだろう」

夏目与一郎が問うた。

「そりゃあ、大げさに言えば大国の威信を傷つけられたんですから、ことによると法外な補償金をふっかけてくるかもしれませんね」

匙《さじ》を止めて、誠之助は答えた。

「そりゃあ、幕府の腕の見せどころだね。下手に舵取りを誤れば、英吉利はすぐ攻めてきかねないよ」

もと与力の狂歌師が言う。

「攘夷の連中はどうかのう。薩摩がやったならおれもと身を乗り出してくれば、なおのこと物騒だ」

平田平助が憂い顔で言った。

「なら、横浜へおかなちゃんを連れてくのはよしにしたほうがいいんじゃねえか?」

善兵衛が言った。

「まあ、今年はまだ無理ですし、しばらく様子を見てからということで。……はいはい、遊ぼうね」

まとわりついてきた娘に向かって、おたねは言った。

「べつに急ぐことはないから」

厨からおりきが言う。

「まあ、生麦の事件は特別な例《ためし》で、横浜の居留地にあれだけ異国の人が増えたのに、血なまぐさい事件は存外に起きていないから」

誠之助が言った。

「さりながら、このたびの生麦の事件を発端として、いろいろと動きが出てくるのではありませんか？」

政太郎が問う。

「たしかに、なかには薩摩に先を越されたと腕を撫《ぶ》す向きもあるだろう」

誠之助が軽く二の腕をたたく。

「海のうねりは収まりそうにありませんなあ」

平田平助が呑気《のんき》に言ったとき、足音が近づき、客がいくたりか入ってきた。

「いらっしゃいまし」

おたねが明るく声をかける。

「これ、いつものしくじり」

柳色の道服《どうふく》に宗匠帽《そうしょうぼう》、面妖《めんよう》ないでたちの男が藤色の風呂敷包みをかざした。

夢屋の常連、伊皿子焼の窯元《かまもと》の明珍《みょうちん》だ。

「それじゃ、しくじりばっかりつくってるみたいですよ、かしら」

「しくじり焼に名を変えなきゃ」

陶工たちがにぎやかに掛け合いながら座敷に上がった。

「いつもすみません」

おたねが礼を言って受け取り、誠之助に包みを渡した。

「しくじり、つくるのも、あきないね」

鯰髭《なまずひげ》の窯元が笑みを浮かべた。

父親が清《しん》国の人で、その言葉を聞いて育ったから、言葉に独特の息が入る。

伊皿子焼は品のいい風合いで通に好まれているが、窯元が品を見る目は厳しい。少しでも粗があれば惜しげもなく捨ててしまう。わずかな銭に目がくらめば、焼き物の名を失うことにつながりかねない。

ただし、すべてを割って捨てるには忍びない。そこで、見知り越しの夢屋にはましなものをただで分けてくれていた。おかげで、夢屋が陶器に困ることはない。

「ほう、いい大皿ですね」

さっそく中をあらためた誠之助が言った。

「ちょうど天麩羅が揚がるけど、それに盛ろうかね」

おりきが乗り気で言った。

「何の天麩羅だい？」

「小腹が減ってんだ」

座敷の陶工衆から声が飛ぶ。

「茸の天麩羅で。松茸に椎茸に平茸に舞茸」

おりきが指を折った。

「いいね」

明珍の表情が崩れた。

「なら、油を切ってお出ししましょう」

おたねのほおにえくぼが浮かんだ。

茸づくしの天麩羅が、目立たない傷のある伊皿子焼の平皿に盛られて運ばれていった。

座敷に続いて厨の前の席にも出る。

「しくじり、いいつとめね」

明珍が目を細めた。

「松茸の香りがたまんねえや」

「ぱりっと揚がった舞茸もな」

「塩胡椒《しおこしょう》の加減が絶妙じゃねえかよ」

陶工衆の箸が競うように動く。

「秋は秋刀魚《さんま》などの海のものもいいが、山のものものもうまいね」

平田平助が相好《そうごう》を崩す。

「茸ってのは競うように生えてきますからな」

隠居の善兵衛が言った。

「なかには毒茸もあるけど」

と、おりき。

「人と同じだね、おっかさん」

持ち帰り場から太助が言ったから、夢屋に笑いがわいた。

「山のもので思い出したんだが、信州《しんしゅう》の佐久間象山先生はそろそろ赦免《しゃめん》されるんじゃないのかねえ」

いくらか声を落として、夏目与一郎がたずねた。

「そういううわさは根強くあります。いまの動乱の世に必要なのは、象山先生のような人ですから」

誠之助も声を落として答えた。

「万能の天才ですからね」

政太郎も和す。

「うねりのある海をさまざまな船が進んでいるわけだ。うまい舵取りをしてくれる船が出ればいいいんだがね」

夏目与一郎がそう言って、肉厚の椎茸の天麩羅をわしっとほおばった。

「さまざまな船といえば、象山先生のもとで会った高杉晋作《たかすぎしんさく》氏は日本に戻っているそうです。今後もいろいろな船が動きを見せることでしょうね」

誠之助の言葉を聞いて、おたねはふとおかなのほうを見た。

娘は飛んでいったとんぼを不思議そうに見ている。

この子は大変な時代《とき》に生まれてきたのかもしれない。

おたねはふとそう思った。

第二章　さまざまな帆船

一

おかなは順調に育ち、明けて文久三年（一八六三）になった。

正月三が日の夢屋は休みだが、来客はあった。

おたねの両親の志田玄斎《げんさい》と津女《つめ》だ。伊皿子坂から遠からぬ魚籃坂上《ぎょらんざかうえ》の三田台裏町《みただいうらまち》に診療所を開いている。どちらも腕のいい本道《ほんどう》（内科）の医者だから、弟子の玄気《げんき》ともども忙しい日々を送っていた。

近くには善兵衛の息子の善造《ぜんぞう》が持つ長屋があり、動かせない重病の患者を診ている。よって、正月とはいえ遠出などはできないのだが、近場なら話はべつだ。いまは二人していそいそと孫のおかなの顔を見にきたところだ。

「ほれ、じいじだぞ、じいじ」

白いあごひげを伸ばした玄斎が、目尻にしわをたくさん寄せて言った。

「じいじ、じいじ」

おかなが声を発する。

「そうそう、よく言えたな」

玄斎は破顔一笑した。

数えだと早くも三つ。満だと一歳半だから、言葉も出るようになった。ちょこまかとよく動き、ときどき勝手に表に出ていこうとするから心配だが、目を瞠《みは》るような成長ぶりだ。

「早いものねえ、子が育つのは」

津女が感慨深げに湯呑みを口元へやった。

おりきと太助とおよし、それに春吉の家族はむろん休みだ。この機にとばかりに、みなで江の島へ出かけている。春吉にとっては初めての遠出だ。幸い日和《ひより》が良さそうなのは何よりだった。

「そうそう。猫の子はぱたっと育ちが止まるけど」

おたねはふじを指さした。

母のさちより大きくなった猫が大きな伸びをする。

「そりゃ、どんどん育ってしゃべりだしたら肝をつぶすからな」

玄斎が軽口を飛ばした。

「ばあば、は言える？」

津女が顔を近づけた。

「……ばあば」

おかながおうむ返しに言って笑った。

「よく言えたわね」

津女は頭をなでてやると、おかなは心の底から嬉しそうに笑った。

「お雑煮と簡単なおせちはつくったけれど、食べていく？」

おたねが訊《き》いた。

「そうだな。いただいていこうか」

玄斎が答えたとき、表で人の気配がした。

「ただいま」

誠之助が包みを小脇に抱えて戻ってきた。

二

「正月から学問仲間と交流かい。精が出るねえ」

玄斎が感心したように言った。

誠之助が持ち帰った包みの中身は、同門の仲間から借りた分厚い洋書だった。

「なにぶん風雲急を告げていますから」

誠之助が笑みを浮かべて答えた。

「象山先生がいよいよ蟄居《ちっきょ》を解かれたからな」

玄斎があごひげに手をやった。

「ええ。おかげで、わたしも含む門人たちの動きも活発になってきました」

誠之助は答えた。

「象山先生は何年くらい蟄居されていたのかしら」

津女がたずねた。

「九年の長きにわたりました。そのあいだ、いくたびも松代《まつしろ》へ忍んでいったものです」

と、誠之助。

「ずいぶんいろいろと知恵を授かりました」

おたねも感慨深げに言った。

門人の吉田松陰《よしだしょういん》の海外渡航未遂事件に連座し、蟄居を余儀なくされた佐久間象山は、聚遠楼《しゅうえんろう》と名づけた信州松代の蟄居所に幽閉されることとなった。門番はいるにはいたが、光武家はもともとさる藩の御庭番の家系で、誠之助には忍びの心得がある。弟子とともに忍んでいき、象山の謦咳《けいがい》に接して貴重な知恵を得たことも一再ならずあった。

その象山の蟄居がついに解かれた。文久二年もずいぶんと押しつまった、十二月二十九日のことだ。

ほどなく、人数分の雑煮が出た。おせちのお重もある。しばらく箸を動かしながら話が続いた。

「で、象山先生は松代藩へ戻るのかい?」

玄斎がそう言って、切り餅を口に運んだ。

江戸は切り餅に醤油仕立ての澄まし汁だ。それに大根と里芋《さといも》と小松菜が入っている。変わりない毎年の雑煮だ。

「先生は松代藩士ですから、藩命により蟄居を解かれるというかたちにはなったでしょうが……」

慎重に言葉を選んで、誠之助は続けた。

「象山先生ほどの逸材です。時代の荒波を越えるための水先案内人として、ぜひとも先生を招聘《しょうへい》せんという動きはわたしの耳にも入っています」

「よその藩が知恵袋にしようと企てているわけだ」

玄斎がそう言って、お重の田作りを口中に投じた。

数の子に黒豆に慈姑《くわい》の煮物。それに、だし巻き玉子も美しくできている。

「んまあ、たまご」

おかながおたねの袖を引いた。

おたねを呼ぶときも、何か食べたいときも、決まって「んまあ」と呼ぶ。

「はいはい、玉子ね」

おたねは笑ってだし巻き玉子を箸でつまんだ。

おかなに雑煮はまだ無理なので、やわらかいだし巻き玉子と栗きんとんだけを食べさせることにした。

「うまいか？」

玄斎がすっかり好々爺《こうこうや》の顔で問う。

みなしばらくおかなの様子を見ていた。小さな口をもぐもぐと動かしていたおかなは、やにわににこっと笑った。

「おいしいそうで」

おたねも笑う。

「たんと食べて、大きくおなり」

津女がやさしい笑顔を向けた。

「で、象山先生の話ですが……」

誠之助はいったん箸を置いて続けた。

「かねてより動きを見せていた長州《ちょうしゅう》藩に加え、土佐《とさ》藩でも象山先生を迎えんという動きがあると仄聞《そくぶん》しています。ただし、先生ご自身には松代藩士として藩政に携わりたいというご意志があるようです」

「なるほど」

玄斎がうなずく。

「では、向後《こうご》は松代藩で？」

津女がたずねた。

急いで雑煮の残りを胃の腑《ふ》に入れると、誠之助はいくらか思案してから答えた。

「象山先生がそう望まれても、藩の面々が素直に受け入れるかどうかさだかではありません。先生は敵が多いほうですから」

佐久間象山は自他ともに認める万能の天才だが、瑕瑾《かきん》があるとすれば、人を人とも思わぬ傲岸不遜《ごうがんふそん》な性格だった。象山を蛇蝎《だかつ》のごとくに嫌っている者も少なくない。蟄居《ちつきょ》を解かれたとはいえ、この先も周りとうまく折り合いをつけ、円満に過ごしていくとはとても思えなかった。

「ご赦免になったのなら、江戸へ出てこられることもあるのかしら」

おかなの食事を続けながら、おたねが訊いた。

「それなら、ここにお呼びしてもいいね」

玄斎が乗り気で言った。

「いますぐは無理でしょうが、この先そういうこともありうると思います。象山先生の夫人は幕臣勝海舟《かつかいしゅう》様の妹御ですから、江戸とも縁がありますし」

誠之助は答えた。

「もし見えたら、何をお出しすればいいかしら」

おたねが少しあいまいな表情でたずねた。

「それはまだ早いよ。いきなりふらっとお見えになることはないから」

誠之助は白い歯を見せた。

三

夢屋の中食《ちゅうじき》の膳は、新年早々から飛ぶように出た。

芝の浜から、なじみの漁師が毎朝活きのいい江戸前の魚を届けてくれる。寒鰤《かんぶり》を使った鰤大根に煮奴に名物の観音汁。体を芯からあたためる夢屋の料理は身の養いにもなる。

二幕目になっても、客足がとだえることはなかった。常連が入れ替わり立ち替わり足を運んでくれる。座敷でおかなを遊んでくれたりするから、おたねとしてはずいぶんと助かった。

「ほら、でんでん太鼓だぞ」

「おじちゃん、うめえな」

今日の常連は、近所に仕事場がある於六屋《おろくや》の職人衆だ。

木曽《きそ》の藪原宿《やぶはらじゆく》特産のお六櫛《ろくぐし》をつくっている。安政のコロリで仲間がやられ、一時は見世じまいも思案したほどだが、ぐっとこらえて立て直し、いまは若い衆もいくたりか入っていた。

「でんでん、でんでん」

おかなが小さな手を打って喜ぶ。

「いいね、おかなちゃん」

厨で肴をつくりながら、おりきが笑顔で言う。

「春吉もそうだったけど、お客さんが遊んでくれるから助かるな。……おっ、久しぶり」

持ち帰り場の太助が、坂の下手《しもて》に向かって手を挙げた。

「だれ？　太助さん」

おたねが問う。

「横浜のお客さんですよ」

太助はぼかして答えたが、そう言われたら察しがつく。

案の定だった。

夢屋に入ってきたのは、蘭画家の杉田蘭丸《すぎたらんまる》だった。

「ああ、いらっしゃい。雛屋《ひなや》さんも」

おたねが笑顔で迎えた。

「ご無沙汰しておりました」

雛屋の佐市《さいち》が頭を下げた。

「大きくなったねえ」

つややかな総髪の画家がおかなを見て感に堪えたように言った。

祖父は平賀源内《ひらがげんない》に寵愛され、秋田蘭画《らんが》の礎《いしずえ》を築いた小田野直武《おだのなおたけ》だから筋が通っている。並々ならぬ画才を誇る蘭丸だが、このところは後ろ盾の雛屋佐市とともに横浜で富士《ふじ》の絵などを売り出し、居留地の外国人たちに大人気を博していた。

「どうだい、横浜は」

持ち帰り場で手を動かしながら、太助が蘭丸にたずねた。

串ばかりでなく、肴の揚げ物も担うことになった。串の衣をつけて揚げると一風変わった肴になるからだ。

海老もいいが、今日は小ぶりの鰈《かれい》だ。寒鰈は刺身などもいいが、揚げ物にしてもうまい。

「相変わらず活気はあるね。ひと旗揚げようと出てきた人も結構いるから」

蘭丸は答えた。

「去年は異人が大名行列にたたき斬られたり、物騒な事件が起きたじゃねえか」

「おいらはおっかなくて行きたかねえな」

「江戸だっていろいろ災いは起きるがよ」

櫛づくりの職人衆が口々に言う。

「先月も耶蘇寺《やそでら》の説教を聞いた人が大勢捕まったり、なにかと騒がしいのはたしかですが」

雛屋のあるじが言った。

雛人形屋みたいな屋号だが、ぎやまん物から唐物《からもの》、その他さまざまな品をあきなう才覚あるあきんどだ。芝神明《しばしんめい》の本店ばかりでなく、横浜に出見世を出して成功を収めている。画材もあきなっていたところから蘭丸の後ろ盾になり、ともに知恵を出して編み出した富士などの硝子《がらす》絵は描くそばから飛ぶように売れていた。夢屋が横浜に出見世を出したのも、雛屋の驥尾《きび》に付したところが大きかった。

「普通の寺がいちばんっすね。……はいよ、鰈の揚げ物」

太助がいい声で言った。

「お待たせしました」

およしとともに、春吉も運ぶ。

「おう、来た来た」

「天麩羅とは衣がちょいと違うからな」

於六屋の面々が受け取る。

串揚げの衣は小麦粉に片栗粉を足してある。ゆえに天麩羅とは食べ味が違うのだが、できればいま少しさくっとできないかといろいろ試しているところだった。

蘭丸と佐市も一枚板の席に陣取り、鰈の揚げ物を食しはじめた。

ほどなく、わらべたちの声が響きだした。

「おりきさん、まかないをお願い」

おたねが声をかけた。

「はいよ」

おりきが右手を挙げる。

誠之助と政太郎の寺子屋が終わったのだ。

四

「そろそろまかないだと思ったよ」

そう言いながら、夏目与一郎も入ってきた。

雛屋の佐市と蘭丸もいるから、一枚板の席がたちまち埋まる。

「おれら、帰《けえ》るからよ」

「うめえもん食ったら、仕事しねえと」

「また来られねえから」

座敷の櫛づくりの職人衆が腰を上げた。

「なら、そちらへ」

おたねが手で示す。

「またな、おかなちゃん」

「お、笑った笑った」

於六屋の面々は上機嫌で引き上げ、誠之助と政太郎を含む面々が代わりに座敷に陣取った。

「焼きうどん、上がったよ」

おりきがいい声で伝えた。

「はあい」

おたねがすぐさま動く。

そのあとを、ちょこちょことおかなが続き、ついでに猫のふじもひょこひょこ動く。心なごむ光景だ。

「杉造《すぎぞう》さんが玉子をたんと入れてくれたから、まかないもみな玉子がらめで」

おりきが言った。

玉子はまだまだ貴重な品だが、夢屋は白金《しろかね》村の杉造が産みたてのものを安くおろしてくれるから助かっていた。鶏肉やガラも入るので、だしもとることができる。

「そりゃ豪勢だね」

「もちろん、甘藍も入ってますよ、四目先生」

おりきが言った。

甘藍焼きうどんは、夢屋のまかないの顔のようなものだった。

甘藍の軸や葉を具に使い、いくらか硬めにゆでたうどんを投じる。これに醤油と酒と味《み》醂《りん》をまぜたたれをからめ、塩胡椒で味を調《ととの》える。

それから溶き玉子と、たっぷりの削り節をからめれば、甘藍の甘みと苦みがともに引き立つ焼きうどんになる。

そのまかないを食しながらの話題は、まずはおかなの成長ぶりだった。

「ちょっと見ないあいだに、言葉も増えましたね」

蘭丸の表情がやわらぐ。

「ええ、もう、びっくりするくらいで」

と、おたね。

「これなら春になったら横浜へ連れて行けそうだね」

夏目与一郎が水を向けた。

「お見えになったら、喜んでご案内しますよ」

佐市が笑顔で言った。

続いての話題は、象山の蟄居が解かれたことだった。

「先生は松代にとどまるのかい？」

夏目与一郎が誠之助にたずねた。

「それは難しかろうというのが門人の見方です」

誠之助はそう答えて、湯呑みに手を伸ばした。

「藩の古株が首肯《しゅこう》しないと」

「おそらくは」

「さりながら、象山先生ほどの頭脳の持ち主なら、引く手あまたでございましょう」

雛屋のあるじが言った。

「幕政に関わられるということは？」

今度は政太郎がたずねた。

「それもどうかな。歯に衣《きぬ》着せず直言される方ゆえ、煙たがる向きも多かろう」

誠之助が慎重に答えたとき、表で人の気配がした。

「いらっしゃいまし」

「お客さま、一名」

持ち帰り場の太助とおよしの声が響いた。

「おう、これは」

入ってきた客の顔を見て、誠之助が右手を挙げた。

夢屋ののれんをくぐってきたのは、同門の武部新右衛門《たけべしんえもん》だった。

五

「早《は》よ行かんとと思てたんですけど、いろいろばたばたしてまして」

座敷の上座に案内された武部新右衛門は笑みを浮かべて言った。

近江《おうみ》の出身ということで、言葉に上方《かみがた》の訛《なま》りがある。小柄で華奢《きゃしゃ》なほうだから、武家というより小間物屋などのほうが似合いそうな風貌だ。

「日ごろからお世話になっております」

おたねが如才なく頭を下げた。

「いやいや、誠之助はんには世話になりっぱなしで、知恵も沢山《ようさん》もろてます」

笑うと黒目がちの大きな瞳の目尻にいくつもしわが寄る。なかなかに憎めない雰囲気だ。

「で、象山先生の今後の動向について話をしていたんだがな」

誠之助が言った。

「そら、みなが注目するところですさかいに。攘夷《じょうい》に関わることだけでも、なにかと物騒ですさかいになあ」

新右衛門が少し眉をひそめた。

「象山先生の蟄居所で高杉晋作氏と談論風発したことがあるが、氏は先月、品川《しながわ》の御殿山《ごてんやま》で派手なことをやらかしたからな」

いくらか年上の誠之助が言った。

「横浜にもそのうわさは伝わっています。英吉利の公使館を焼き打ちにしたとか」

雛屋の佐市が横合いから言った。

「出入りがあったんすかい」

今日も売り切れた持ち帰り場の片づけをしながら、太助が訊いた。

「出入りって、おまえ、やくざ者じゃないんだから」

おりきがあきれたように言う。

「いや、まだ建てかけだったから、大がかりな出入りにはならなかったんだ」

誠之助が右手を軽く挙げて言った。

「そのあたりまで読みを入れて焼き打ちに行ったのでしょう」

政太郎がうなずく。

「なるほど、深謀遠慮ですね」

蘭丸も言ったとき、ここが頃合いと見て、おたねは盆を運んでいった。

「夢屋名物の甘藍焼きうどんと観音汁をお持ちしました。どうぞ舌だめしを」

と、初顔の武部新右衛門に差し出す。

「おお、うわさには聞いてました、観音汁」

新右衛門はそう言って、すぐさま椀を受け取った。

「人が食べているのを見るとほしくなってまいりますね」

「右に同じで」

佐市と蘭丸が言った。

そんなわけで、我も我もと手が挙がり、結局は頭数分の観音汁が運ばれた。

鶏でとっただしに、じゃがたら芋と人参と大根と甘藍、具だくさんで身の芯からあたたまる汁だ。

「おお、こらうまい」

新右衛門はすぐさま気に入った様子だった。

健啖《けんたん》で焼きうどんもお代わりをした。持ち帰り場に残っていたはんぺんと甘藷の串ももうまそうに口に運ぶ。

それがひとしきり終わったところで、話はまた高杉晋作たちが起こした事件のことに戻った。

「焼き打ちを企てた人たちは厳罰に処せられるのでしょうか」

蘭丸がたずねた。

「いや、その翌日に幕府は諸大名を御城に呼び出し、攘夷の方針をあらためて伝えたくらいだからね」

誠之助が答えた。

「そのあたりの情勢も見越して、やったれと思たのかもしれまへんな。直情径行に見えての深謀遠慮や」

新右衛門が感心したように言った。

「高杉氏にはそういう才があるからな」

と、誠之助。

「長州藩はほかにも多士済々だと聞きました」

政太郎が言う。

英吉利公使館の焼き打ちを企てた長州藩士は、高杉晋作のほかに久坂玄瑞《くさかげんずい》、志道聞多《しじもんた》(のちの井上馨《いのうえかおる》)、伊藤俊輔《いとうしゅんすけ》(のちの伊藤博文《ひろぶみ》)など精鋭ぞろいだった。

「さりながら、松代藩の象山先生のほうがはるかに先まで見通しておられる」

誠之助が言った。

「先生は開国でしたっけ、攘夷でしたっけ」

太助がのんきに問うた。

「言ってみれば、開国的攘夷だな」

誠之助は答えた。

「へ？　甘いのか辛いのか分かんねえような串で」

「おまえが口を出すと話がこじれるから、太助」

おりきが厨から言う。

「うう、分かったよ」

太助はあっさり引き下がった。

「で、開国的攘夷とは？　おまえさま」

おたねが誠之助にたずねた。

「血の気が多いだけの攘夷の輩《やから》は、何でもかんでも異国の物を排斥しようとする。鎖国の城に立てこもり、異風を入れまいとするわけだ」

誠之助はそこまで言って新右衛門のほうを見た。

「それやと、敵との差は広がるばっかりですわ」

新右衛門が続けた。

「わが日本は世界の中のちっさい国にすぎまへん。まず門戸を開き、外国のええもんはなるたけ取り入れて、国力をつけんかぎり、ほんまもんの攘夷はでけへん。象山先生はそうお考えになってるんですわ」

「ああ、なるほど」

おたねはうなずいた。

新右衛門の説明は分かりやすく、すぐ腑に落ちた。

「先を見通す目が違いますね」

眼鏡《めがね》も取り扱っている佐市が目をちらりと指さした。

「そういう目にかけては、象山先生の右に出る者はいないでしょう」

誠之助が言った。

「ただ、それだけにほかの者がみんなあほに見えて、おのずと態度に出てしまうんで、つくらんでもええ敵までつくってしまわれるんですなあ、象山先生は」

新右衛門は何とも言えない表情になった。

「それは玉に瑕《きず》だね」

と、誠之助。

「まあ何にせよ、蟄居が解けて風が吹いてきましたんで、象山丸の行く末が楽しみですなあ」

新右衛門は帆船にたとえて言った。

その後も話題は尽きなかった。新右衛門の情報によると、誠之助がともに英語を学んだことがある福沢諭吉《ふくざわゆきち》はしばらく遣欧使節の一員として洋行していたが、先月江戸へ戻ってきたらしい。新右衛門は福沢諭吉と同じく緒方洪庵《おがたこうあん》の門にも籍を置いていたから、そのあたりの人脈には並々ならぬものがあった。

酒肴《しゆこう》を運びながら話を聞いていたおたねはふと思った。

いまの荒海の世を、さまざまな帆船が渡っている。航海をしているのは象山丸ばかりではない。諭吉丸もいれば晋作丸もいる。そういった群雄の船が、ときには危なっかしい動きも見せながら海を行き交っている。

「とにかく、全国に散らばってる象山先生の門人をつなぎながら、この先もせいぜい動かせてもらいますわ」

新右衛門はそう言って白い歯を見せた。

「頼りにしてるぞ」

兄弟子の誠之助が言う。

「観音汁、まだ余ってますけど」

おたねが水を向けた。

「ああ、ほな、いただきます」

新右衛門は空になった椀をさっと差し出した。

第三章　居留地にて

一

花だよりが届きはじめたかと思ったら、あっと言う間に春が爛《た》けた。

花見弁当の注文もあるから、春の夢屋は忙しい。持ち帰り場の串に山菜と筍《たけのこ》の炊き込みご飯、俵結びに稲荷《いなり》寿司、小鯛《こだい》の焼き物に青蕗《あおふき》の煮物、とりどりに盛りこまれた自慢の弁当を提げて、夢屋の常連はほうぼうへ花見に出かけた。

さすがは江戸の衆と言うべきか、花見でにぎわったのは品川の御殿山だった。もともと花の名所だが、昨年の暮れに英吉利公使館の焼き打ち事件があったばかりだから、ちょうどいい話の種になる。

花見の季《とき》が去り、初鰹《はつがつお》の便りが届きはじめるころ、夢屋では一つの相談がまとまろうとしていた。

「言葉が急に増えてきたと言っても、まだ満で二つにもならないのにどうかなと思ったんですけど」

座敷で猫をじゃらしているおかなを見ながら、おたねは首をかしげた。

「まあしかし、行くならこの季節だからな」

一枚板の席に陣取った誠之助が言った。

「小さい頃に横浜の気を吸ったら、先々が違ってくるかもしれないよ」

甘藍と海老の油炒めの舌だめしをしながら、夏目与一郎が言った。

「おかなちゃん、帰ってきたら英吉利語をしゃべったりして」

持ち帰り場から、太助が軽口を飛ばす。

「どんな言葉をしゃべるんだい、太助」

おりきが言う。

「そりゃあ、おっかさん……払う、とか言うんでい」

太助はいい加減な答えをした。

「もし行くなら、弟子筋の駕籠屋に横浜まで行かせるぜ」

隠居の善兵衛が言った。

「江戸兄弟さんですか？」

おたねがたずねた。

先棒が江助《えすけ》で後棒が戸助《とすけ》、合わせて江戸兄弟になる。芝で有名、江戸で無名と名乗るとおり、ここいらでは知らぬ者のない名物駕籠屋だ。

「おう、ただで運べって睨《にら》みを利かせたら、嫌でも運ぶだろう」

善兵衛は荒っぽいことを言った。

「それは相済まないので」

おたねがあわてて手を振る。

「玄斎先生に言ったら、喜んで路銀を出してくれそうだがな」

半ば戯《ざ》れ言《ごと》めかして、誠之助がおかなの祖父の名を出した。

「おまえさまは徒歩《かち》で平気？」

おたねが問う。

「もちろんだ。日本橋《にほんばし》から保土ヶ谷宿《ほどがやじゅく》まで八里九町（約三十三キロ）だから、ここから横浜はもっと短い。軽いものさ」

誠之助は腕を振るしぐさをした。

「誠之助さんはしょっちゅう松代まで行ってたんだからな。……お、これなら中食の顔でもいいかもしれないね」

甘藍と海老の油炒めを食していた夏目与一郎が言った。

「とろっとしてるのは片栗粉かい？」

善兵衛が問う。

「そうです。塩胡椒の按配も変えてみたんですが」

厨のおりきが答えた。

「ちょうどいい塩加減だね」

もと与力の狂歌師が太鼓判を捺した。

「ちょいと足りねえ感じのところを海老がうまいこと補ってら」

隠居も和す。

「ああ、よかった。これだけの料理なのに、なかなか味が決まらなくて」

と、おりき。

夏目与一郎は海目四目の顔になって、いくらか思案してから狂歌で応えた。


　使ふところによりておのづと味変はる人も甘藍も同じなりけり

「なるほど」

誠之助がうなずいた。

「深いですね」

隣に座った政太郎も言う。

「わたしが横浜へ行くとしたら、寺子屋の留守を預かってもらうことになるんだが」

誠之助が言った。

「ええ、お安い御用ですよ」

若い弟子は快く請け合った。

「夢屋もおれらが助《す》けたらなんとかなるんで」

太助がおよしを指さして言った。

「呼び込み、するよ」

春吉が元気よく手を挙げた。

「春ちゃんが呼び込みをやってくれたら、たちまち一杯になるわね」

おたねのほおにえくぼが浮かんだ。

二

段取りは整った。

江戸に初鰹の便りが届きはじめた好日、おたねと誠之助はおかなをつれて横浜へ出かけることになった。

出見世の聡樹には、前もって文で知らせてあった。向こうでの旅籠《はたご》などは聡樹が斡旋《あっせん》してくれるかもしれないし、雛屋の佐市と杉田蘭丸も横浜にいることのほうが多い。玄斎からは横浜の医者についていろいろと聞いている。もしおかなが熱を出したりしても大丈夫だろう。

「なら、さあっと横浜までやりますんで」

先棒の江助が言った。

「ぱっと目を開けたら横浜で」

後棒の戸助が身ぶりをまじえて言う。

「でも、おめえ、六郷《ろくごう》の渡しをどうやって越えるんだよ」

「そりゃ、さーっと泳ぎながらかつぐんで」

江戸兄弟は朝からむやみに元気だ。

「ごめんなさいね、片道だけで」

そう断ると、おたねは駕籠に乗りこんでおかなをひざに乗せた。

「なんの。帰りは客待ちをしますんで」

「なら、行きましょう」

「おう、頼む」

誠之助がさっと右手を挙げた。

雨にも降られず、滞りなく六郷の渡しについた。はばかりに行きたいときは気安く声をかけられるから、見知り越しの駕籠屋は楽でいいが、江戸兄弟とはここでお別れだ。

「いい子だったな、おかなちゃん」

江助がほっぺをつつく。

「お、笑ったぜ」

戸助も笑顔になる。

「なら、道中気をつけて」

「横浜まで気を送ってますんで」

陽気な駕籠屋が見送る。

「それなら、この先も安心で」

おたねが笑みを浮かべた。

「あとは夢屋にどんどん客を運んでくれ」

誠之助が言う。

「へい」

「合点で」

江戸兄弟は力こぶをつくった。

三

渡しが怖かったらしく、おかなは少々ぐずりだしたが、川崎でひと休みしたら機嫌が直った。

おたねと誠之助は茶見世で川崎名物の奈良茶飯を食べた。おかなには時をかけて汁粉を食べさせた。

幸い、信を置けそうな駕籠が見つかった。おかなも乗せるから割り増しを取られたが、玄斎から多めの路銀を渡されているから平気だ。

「よし、もうひと気張りだ」

誠之助が太腿《ふともも》をぽんとたたいた。

例の事件が起きた生麦村にさしかかるところで、おかなは眠ってしまった。その体のあたたかさを感じながら、おたねも駕籠に揺られていた。

そのうち、日が西に傾きだした。

「提灯《ちょうちん》に灯《ひ》が入る前に着きますんで」

先棒が言った。

「それは好都合だな」

脇をゆっくりと走りながら、誠之助が答える。

「駕籠屋さんの帰りは？」

中からおたねがたずねた。

「保土ヶ谷宿で寝て客待ちをしまさ」

「いくらでもお客さんはいるんで」

駕籠屋は明るく答えた。

「まだ？　お母さま」

おかながたずねた。

言葉がしっかりしてきたので、「お父さま」「お母さま」と呼ばせるようにしている。少し前までは「んまあ」だったのに、子の成長は早い。

「もうすぐだぞ」

誠之助が答えた。

「横浜の居留地が近づいたら、でけえ建物が見えてきて肝をつぶすぜ」

「異人の旅籠は構えがでけえからな」

駕籠屋が言う。

おたねは駕籠から外の様子をうかがっていた。雲を衝《つ》くような異人の二人連れが目に入ったから、思わず息を呑んだ。横浜は近い。

誠之助はかつて聡樹とともに足を運んだことがある。時には駕籠の前に出て軽快に走った。

開港が決まり、大急ぎで海を埋め立てて居留地を造った。高潮を防ぐ堤や水門に護られた居留地には、新たなる商機を求めて国内外のさまざまなあきんどが集まってきた。現在の横浜中華街、山下町の界隈だ。

もとより、各国の出先機関の建物や駕籠屋の言う「異人の旅籠」もある。いくらか離れたところからも、そのただならぬ気配が伝わってきた。

　ただし、雛屋でも取り扱っている横浜絵を見て、あらかじめ学んではいた。横浜の風物を活き活きと描いた五雲亭貞秀《ごうんていさだひで》の絵はことに人気で、前年の文久二年には『横浜開港見聞誌』が出ている。杉田蘭丸が「貞秀さんには勝てない」と言う克明な絵を見ていたから、おたねもむやみに肝をつぶすことはなかった。

「橋の手前でいいぞ」

　誠之助が言った。

「ありがてえ。中は異人だらけなんで」

「異人にたたき斬られるのは願い下げで」

　駕籠屋が首をすくめた。

　ほどなく、埋立地に通じる橋が見えてきた。

「着いたよ、かなちゃん」

　おたねはまたうとうとしかけていた娘を起こした。

　おかなは目を覚まし、何度も瞬きをした。

「横浜に着いたよ」

　おたねは笑顔で告げた。

四

西日に煙る横浜の町を、おかなを抱いた誠之助とともにおたねは歩いた。

橋の中途まで、おかなはわが足で歩いた。しかし、そこで急に歩みを止めてしまった。向こうから、見たこともない恰好《かっこう》をした異国の婦人が連れ立って歩いてきたからだ。一人は黒い日除《ひよ》け傘を差していた。

どちらも下が傘のように開いた服をまとっていたから、おたねも目を瞠ったほどだ。おかなの足がすくむのも無理はない。

やむなく誠之助がだっこして橋を渡り、まずは雛屋を目指した。もう日の暮れ方だ。夢屋の出見世は開いていないだろう。

「たしか、この角だ」

誠之助はいくらか足を速めた。

耶蘇寺だろうか、卒塔婆《そとば》を縦と横に組み合わせたようなしるしが出ている。西日を浴びて、白いしるしがつややかに光る。江戸では見たことのない光景だ。

馬車が荷を引いて通る。初めて見る光景に、おかなは目をいっぱいに見開いていた。わらべにとってみれば、見るもの聞くものすべてが驚異だ。

「あっ、あれかしら」

おたねが行く手を指さした。

「おう、そうだ。あるじが見世の人と立ち話をしているぞ」

誠之助が言った。

足を速めて近づくと、雛屋の佐市も気づいた。

「ああ、これは夢屋さん」

佐市の顔に驚きの色が浮かんだ。

いずれ横浜へ行くとは言ってあったが、いざおかなを連れた姿を見ると驚くのも当たり前だった。江戸から横浜まで、小さなわらべ連れでやってくる者はきわめて珍しい。

「なんとか日が暮れるまでにたどり着きました」

誠之助が言った。

「いきなりお邪魔してすみません」

おたねがわびる。

「なんの。聡樹さんの出見世はもう閉まっていますが、裏手にお住まいですから一緒にまいりましょう」

佐市はそう言ってくれた。

「お泊まりはどちらへ？」

雛屋の出見世のあるじをつとめる幸助《こうすけ》が訊いた。

出見世は広からぬ構えだから、家族が泊まるのは無理だ。

「とくに決めていないので、旅籠を探そうかと」

誠之助はそう言うと、おかなを下ろした。

娘が恐る恐る土の上に足を着く。初めておのれの足で踏む横浜の土だ。

「それなら、安心な旅籠を知っていますので」

佐市が笑みを浮かべた。

「異人さんが泊まったりします？」

おたねは少し声を落としてたずねた。

今度は異国の紳士が二人通りかかった。手にした妙に細い杖の先で、おかなのほうを示して何か言う。

思わず身がすくんだが、紳士の顔には笑みが浮かんでいた。わらべを見て心がなごむのは異人も同じらしい。

「いや、そのあたりの棲み分けはできていますので。内湯もあって、長逗留《ながとうりゅう》をするあきんども多いですよ」

雛屋のあるじが告げた。

「では、そこが空いていれば」

誠之助が乗り気で言った。

「どこ行くの？」

おかなが無邪気にたずねた。

「聡樹お兄ちゃんに会いに行くの」

おたねが答えた。

「夢屋の出見世をやってるんだぞ」

と、誠之助。

「お父さまのお弟子さんなの」

おたねが教えた。

「政太郎さんは？」

おかなはいぶかしげな顔つきになった。

これまでは父親の弟子といえば政太郎だったから、もう一人出てきて当惑したらしい。

「お父さまのお弟子さんはたくさんいるのよ」

「たくさんって、二人だけだがな」

「寺子屋にたくさんいるじゃないの」

おたねが言った。

「ああ、わらべも入れるのか」

誠之助は白い歯を見せた。

そんな話が一段落したところで、雛屋が控えめに先をうながした。

あまり油を売っていると日が暮れてしまう。一行は夢屋の出見世に向かった。

五

夢屋の裏手に、坂井聡樹は住まっていた。

懸案の字引ができて間もないころだった。夢屋ばかりでなく、雛屋でもあきなわれ、好評を博しているらしい。

「ようやく完成に至りました」

字引を手にして、聡樹は満足げに言った。

しばらく会わなかったあいだに、面《つら》構えがたくましくなっていた。おたねはずいぶんと頼もしく思った。

「おお、これは苦心の跡がしのばれるな」

字引をあらためながら、誠之助は言った。

裏手の部屋は茶室に毛が生えたほどの広さしかない。誠之助と聡樹で一杯になるから、おたねは佐市とともにおかなを外で遊ばせていた。持ち帰り場で売る甘藷が袋に詰められている。どの芋がいちばん大きいか、おかなは目を輝かせながら比べていた。

「幸い、ご好評をいただいております」

聡樹が師に答えた。

「これなら江戸でも需要があるだろう」

と、誠之助。

「いまのところ、横浜で売りさばけそうですが」

「刷り増しをすればいい。世に裨益《ひえき》する書物は、なるたけ多くの人に知らしめなければ」

なおも細部をあらためながら、誠之助は言った。

坂井聡樹が心血を注いだ簡便な字引には、『よこはま日常会話便覧』という名が冠せられていた。

扉絵と挿絵を描いたのは、むろん杉田蘭丸だ。帆船の上から、異国の将校が遠眼鏡で見ている。それに向かって、埠頭から老若男女が手を振っている光景が、蘭丸らしい巧みな筆致で活き活きと描かれていた。

異国の人に向かって何か物をたずねたいとき、どうしても話をせねばならないとき、この字引があれば便利だ。

つかぬことをうかがひますが　パードン

相済みませぬ　アイム（相武）ソーリー（橇）

そんな按配で、楽に憶《おぼ》えられるような道しるべまで随所に付されている。

「考えたなあ」

誠之助が感に堪えたように言った。

「無い知恵を絞りました」

聡樹が謙遜して言う。

「この字引があれば、うちに異国のお客さんが見えても安心ね」

だいぶ暗くなってきたから、おかなの甘藷遊びを片づけながらおたねが言った。

「おりきさんが腰を抜かすかもしれないな」

誠之助がそう言ったから、場に思わず笑いがわいた。

「では、旅籠にまいりましょうか」

雛屋の佐市が水を向けた。

「はたご？」

おかなが問う。

「そうよ。お泊まりするの」

おたねのほおにえくぼが浮かんだ。

「疲れただろう。内湯があって、おいしいものも食べられるぞ」

誠之助が言うと、おかなはにこっと笑った。

六

旅籠の名は港屋《みなとや》だった。

存外に奥行きがあり、珍しい内湯がついている。

愛想のいいおかみと聡樹は顔なじみらしく、すぐさま話が弾んだ。聞けば、内湯だけでも代金を払えば使えるらしい。聡樹は日ごろから重宝しているということだった。

「横浜らしい変わった料理も出ますから」

聡樹が言った。

「よろしければ、お膳にお出しいたしますが、いかがいたしましょう」

さっそくおかみが問う。

「それはぜひともいただいてみたいですね」

おたねがすぐさま答えた。

「横浜へ来た楽しみの一つだからな」

誠之助も和す。

「では、厨に伝えてまいりますので」

「もう一つお願いします」

聡樹が手を挙げた。

「雛屋さんは？」

おたねがたずねた。

「わたしは出見世のほうでいただきますので」

佐市はやんわりと断った。

案内役をつとめてくれた佐市はほどなく戻っていった。夕餉《ゆうげ》の支度が整うまでいくらか時がかかるようなので、代わる代わる湯につかった。

おたねはおかなと一緒に入った。駕籠の中でずいぶん寝たから、長旅の疲れはあまりないようだった。

「大きくなったねえ、かなちゃん」

娘を洗いながら、おたねは言った。

もうじきおゆめと同じくらいになる。そう思うと、何とも言えない感慨を催した。

湯から上がってほどなく、おかみが膳を運んできた。

焼き魚と飯、お浸しと香の物と味噌汁。そこまではとくにどうということのない膳だが、平たい皿の上に面妖な焦げ茶色のものが載っていた。

「これは？」

誠之助がまずたずねた。

「ぼうとる焼き、でございます」

おかみが答える。

「ぼうとる？」

今度はおたねが問う。

「うどん粉に玉子を混ぜ合わせて、まるい形にいたします。それをぼうとるで焼きますと、このように香ばしく仕上がるんです」

おかみは笑顔で答えた。

「その『ぼうとる』とは、英語ではバターのことですね？」

字引を出したばかりの聡樹が、妙な巻き舌で発音した。

「ああ、バターのことか」

誠之助がうなずく。

「バター？」

と、おたね。

「牛の乳を固めてつくった油みたいなものだ。西洋ではよく料理に用いる」

誠之助が教えた。

「これは牛の脂《あぶら》のようですが、あるじがつてを持っておりまして。お口に合いますかどうか。どうぞ召し上がってくださいまし」

おかみがにこやかに言った。

「この子の口に入れても平気でしょうか」

おたねが案じ顔で訊く。

「もちろんですとも。小さく切ってあげてくださいまし。では、ごゆっくり」

おかみは一礼して下がっていった。

ぼうとる焼きは膳にもれなくついていた。おたねがおかなの分を切ってあげているあいだに、まず誠之助と聡樹が食す。

「おまえは食べたことがあるのか？」

誠之助が弟子にたずねた。

「ええ。牛の乳でつくるバターで焼いたものとは違うようですがね」

聡樹はそう答えて、洋風のおやきのごときものを口に投じた。

「牛の脂だから、いささか臭みはあるな」

誠之助が忌憚《きたん》なく言う。

「ああ、ほんとね」

ひと切れ試食してみて、おたねも言った。

おかなの口にも合わなかったようだ。少し食べてから吐き出してしまった。

「ごめんね。じゃあ、ごはん食べようね」

おたねはわらべ用につけてくれた匙を手に取った。

聡樹が言ったとおり、バターで焼いたものではなかった。

ビーフ・タロー、すなわち牛脂で揚げたものだから、臭みがあるのは致し方ない。

夢屋でもかつて、クローケー、いまのコロッケをつくろうとして沙汰止みになったことがあるが、港屋のぼうとる焼きも同じだった。

幕末から開化期にかけて泡沫《ほうまつ》のごとくに現れ、いつのまにか消えていった洋風料理の一つだった。

七

明日の再会を約して聡樹と別れ、おかなを寝かしつけた。そして、そろそろ寝支度に入ろうかというころ、港屋のおかみがおずおずと入ってきた。

「相済みません。居留地のパン屋の人が、お客さまに舌だめしをお願いしたいと見えたのですが」

「ぱんや？」

おたねが思わず問い返した。その言葉が何を意味するのか腑に落ちなかったのだ。

「ええ。夕餉でお出ししたぼうとる焼きとは違うのですが、西洋のおまんじゅうみたいなものをパンと呼ぶんです」

おかみは手つきをまじえて答えた。

「パンなら分かりますよ。で、そのパン屋は異国の人でしょうか」

誠之助が少し身を乗り出して問うた。

「いえ、亜米利加《あめりか》人のパン屋で働いている人です。仕込みが終わったあとも、ほうぼうの旅籠を回らされているようで」

おかみは気の毒そうに答えた。

「じゃあ、せっかくだから舌だめしを」

おたねが乗り気で言った。

「そうだな。亜米利加人のつくるパンなら、ぜひ食べてみたいものだ」

誠之助も和す。

「承知しました。伝えてまいります」

おかみは笑顔で答えた。

ややあって、横文字の入った前掛けをした小柄な青年が入ってきた。

GOODMAN
文字はそう読み取ることができた。

「遅くに相済みません。居留地三十四番地、米国人グッドマンの見世で働いております、桂三郎《けいざぶろう》と申します」

旅籠を回り慣れているのか、よどみない口調であいさつする。

その脇には、倹飩箱《けんどんばこ》によく似たものが置かれていた。どうやらその中にパンが入っているらしい。

「グッドマンという人の見世で」

誠之助が前掛けを指さした。

「はい。横浜で最初にパン屋を出した人のもとで、修業をしております」

いい目つきで桂三郎は答えた。

「日本人の見世もあると聞いたが」

と、誠之助。

「本牧《ほんもく》で菓子づくりの職人さんが開いた見世が走りのようですが、味はやはり本場のほうがよろしいので」

桂三郎は笑みを浮かべた。

「住み込みで働いてるんですか？」

おたねが問う。

「さようです。夜はこうやって、少しでも日の本にパンを行きわたらせるために旅籠を回らせていただいています」

桂三郎はそう言って、倹飩箱のようなものに手を伸ばした。西洋の観音だろうか、見たこともないものが描かれている。

「わあ、楽しみね」

おたねは瞳を輝かせた。

「本当は焼きたてがおいしいんですけど……」

すまなそうに言いながら、桂三郎は中からパンを取り出した。

「どうぞ」

差し出した盆の上には、いくらかかさのあるおやきのごときものがいくつか載っていた。

「では、さっそく」

誠之助が手を伸ばした。

おたねも続く。

「お口に合いますかどうか」

いくらか不安げな面持《おもも》ちで、桂三郎は言った。

口に入れ、しばらく咀嚼《そしゃく》していたおたねは、誠之助のほうを見た。

誠之助はあいまいな顔つきをしていた。おたねも同じだった。存外に堅くなく、それなりに食べられるが、驚くような味ではない。少なくとも美味には遠かった。

「西洋では、すぷ、と言われるものに浸して食したりいたします」

客の顔つきを見て、桂三郎が言った。

「すぷ？」

おたねが問う。

「はい。汁のことでございます」

桂三郎は答えた。

「なるほど。汁に浸せば、その味がしみてうまくなるかもしれないな」

と、誠之助。

「そうね。観音汁には合いそう」

おたねが言った。

「観音汁？」

今度は桂三郎がたずねた。

「ポートーフー、という西洋の汁だ」

誠之助がそう教えたが、桂三郎は知らないようだった。ポートーフーは仏蘭西《ふらんす》の汁だから、米国人の見世で働く若者が知らなくても無理はない。

パンは何個もあったが、一つ食すだけで充分だった。おいしくて手が止まらないような食べ物ではない。

「すぷ、ばかりでなく、ぼうとるを塗ったりすると、おいしく召し上がれるんですが」

やや悔しそうに、桂三郎は言った。

「またしても、ぼうとるか」

誠之助が笑みを浮かべる。

「こちらのお宿のぼうとる焼きで使っているものとはまた違うのですが」

若者は答えた。

「そうすると、牛の乳からつくる本式のぼうとるか?」

誠之助はたずねた。

「本式かどうかは分かりかねますが、あるじの口ぶりでは、だいぶ良くなってきたようです」

桂三郎は白い歯を見せた。

「ならば、今度はそれを塗った焼きたてを食してみたいものだな」

誠之助がそう言っておたねの顔を見た。

「ええ。だったら、明日、出見世に寄ってからまいりましょう」

おたねはすぐさま答えた。

「お待ちしております。ありがたく存じます」

桂三郎はていねいに頭を下げた。

パンを持って旅籠を回るのは、今日のところは港屋で終《しま》いということだった。そこで、その後は桂三郎の身の上話を聞いた。なぜ米国人のパン屋で働くことになったのか、おたねも誠之助も興味を引かれた。

桂三郎は八王子《はちおうじ》の養蚕農家の三男として生まれた。横浜の交易の目玉となる産物は生糸だ。生糸の産地と横浜をつないで、ひと旗揚げようとする者はいくたりもいた。

横浜が開港するまでは、東海道《とうかいどう》の要衝《ようしょう》でもあった神奈川湊《かながわみなと》が海運も一手に引き受けていた。神奈川湊から八王子に至る神奈川道《みち》は古くから交易に使われていたから、八王子の若者が横浜を目指すのはわりかた自然な発想だ。

そんなわけで、桂三郎にとって横浜は遠い町ではなかった。三男坊ということもあり、さほど後先を考えずに横浜へ出てきた桂三郎は、たまたま人を求めていたグッドマンの見世で働くことになった。

「パンという食べ物は知っていたんですか？」

おたねがたずねた。

「いえ、横浜で初めて食べました」

若者が答える。

「ほかにも日本人が働いているんだろう?」

誠之助が問う。

「ええ。いくたりもいます」

と、桂三郎。

「じゃあ、桂三郎さんも名の通ったパン屋さんになるかもしれないわね」

おたねは笑みを浮かべた。

「いえいえ、まだ修業中ですから」

桂三郎はあわてて手を振った。

「楽しみだな。とりあえず、明日見世へ行くから」

誠之助が言った。

「お待ちしております。居留地の三十四番地で、目印は……」

桂三郎は身ぶりをまじえながら道筋を告げはじめた。

八

港屋にはしばらく逗留することになっている。近場で採っている海苔《のり》の佃煮が美味の朝餉を済ませると、夢屋の一行はおかみに声をかけて旅籠を出た。

まずは出見世だ。

山下の外国人居留地の一角に夢屋の出見世がある。しかるべき筋に届けを出して許可を得れば、日本人も見世を構えることができる。これは雛屋の出見世もそうだ。ただし、身ぶり手ぶりをまじえてでも語学ができる者が見世番にいなければあきないが成り立たないから、見世を出しているのは猛者《もさ》ぞろいだ。

居留地に隣接して日本人町もできている。こちらのほうにも旅籠や見世が建ち並び、なかなかのにぎわいぶりだった。

「お船がたくさんね」

誠之助にだっこされたおかなに向かって、おたねは声をかけた。

耶蘇寺や公使館など、異風の建物の向こうに、外国艦隊の威風堂々とした帆が見える。

「おふね、いっぱい」

物おじしないおかなは上機嫌だ。

行き交う外国人の目にもかわいく映るらしく、おたねには分からない言葉で折にふれて声をかけてくれる。

そのたびに、誠之助が笑顔で何か答えていた。それも面妖な言葉だが、「三球《さんきゅう》」と言うのが御礼なのだと、おたねはそこだけ憶えた。

向こうから馬に乗った異国の紳士がやって来たので思わず息を呑んだ。風変わりな赤い服をまとっている。横浜絵で学んできたとはいえ、いざ来てみると見るもの聞くものが驚きばかりだ。

「ここは両替屋だな」

誠之助が石造りの門を指さした。

なるほど、門に「両替」と記された札が掛かっている。

「あれはお寺？」

おたねが目についたものを指さした。

「天主堂かな？」

誠之助が首をかしげた。

横浜天主堂の時鐘だった。建物だけでもどれも目新しく、見飽きることがない。

あちらこちらに目をやりながら進んでいるうちに、夢屋の出見世に着いた。

「おはようございます」

聡樹が元気よくあいさつした。

「おはようございます。もうお客さんが来てるのね」

おたねが手で示した。

長い列というわけではないが、いくたりかが見世が開くのを待っていた。どれも居留地の外国人で、見上げるほどの背丈をしている。

「ええ。ありがたいことです。では、オープン、ナウ」

聡樹が客に声をかけた。

「手伝わないのか？」

誠之助が笑みを浮かべておたねにたずねた。

おたねはあわてて首を横に振った。

六尺（約百八十センチ）豊かな外国人に持ち帰りの串を差し出す度胸はない。

「スウィート、オア、ビター？」

聡樹が如才ない応対をする。

どうやら甘だれか辛だれかと訊いているらしい。客は常連らしく、太い指を差し出したりしながら本数を告げていた。

夢屋の出見世には字引も置かれていた。ただし、串を求めにきた客は食い気ばかりで、手を伸ばそうとする者はいなかった。

「くし、たべたい。あまいほう」

おかなが無邪気に言った。

「いくつ?」

おたねが問う。

娘は少し考えてから指を一本立てた。

「お芋の甘いほうね」

今度はうなずく。

「おれは海老の辛いほうを二本」

誠之助が言った。

「はいはい」

おたねはそう答え、恐る恐る異人のうしろに並んだ。

まるで壁のようで前が見えない。耳慣れない言葉も響く。いきなり振り返って話しかけられたらと思うと、心の臓がきやきやした。

串を受け取り、おかなに与える。ふうふう言いながら甘藷の串を食べる小さな娘のさまは何とも愛らしく、列に並ぶ外国人たちはみな一様に笑みを浮かべていた。

パン屋の件は、串を食べながら誠之助が聡樹に伝えた。

「ああ、グッドマンの見世ですね」

聡樹は知っていた。

「食べたことはあるのか？」

誠之助が訊く。

「いえ、なかなかよそへ食べ歩きに行っている暇がなかったもので」

聡樹が答えた。

「昼間はあきない、夜は字引づくり、ほんとに大変だったわね、聡樹さん」

おたねが労をねぎらった。

「いえ、いくら忙しくても、張り合いがありましたから」

夢屋の出見世のあるじは、そう言って白い歯を見せた。

九

居留地には番地が付されている。埋立地の通りは縦横にまっすぐ延びているから、初めてでも存外に分かりやすかった。

「おや、あれは……」

誠之助が行く手を見た。

「蘭丸さんに似てるけれど」

おたねが首をかしげる。

杉田蘭丸に背恰好と顔は似ているが、洋装で面妖なハットまでかぶっている。他人の空似かもしれない。

だが、近づいてみると、向こうから笑って手を挙げてくれた。

「居留地ではこんな恰好をしてるんです」

画家は笑って言った。

「だれかと思った」

おたねも笑みを浮かべた。

「その恰好で江戸に来ないのか？」

誠之助が問う。

「まさか。ひとたび居留地を出たら、剣呑《けんのん》な攘夷の志士がうろついていたりしますから」

蘭丸は急に顔つきを引き締めた。

桂三郎とのいきさつを告げ、グッドマンの見世へ行くと告げると、蘭丸も一緒に行くと言ってくれた。前に行ったことがあるらしく、道案内も買って出てくれたから、夢屋の一行は滞りなく三十四番地のパン屋に着いた。

見世の売り子は外国人ばかりで気おくれがしたので、おたねはおかなをあやしながら外で待っていた。誠之助と蘭丸が身ぶりもまじえてパンを購《あがな》っている。それを待つことにした。

「桂三郎が見世に出てこられるか、訊いてみる」

途中で誠之助がおたねに声をかけた。

「はい」

おたねは短く答えた。

パン屋の前にはいままでに嗅いだことのない匂いが漂っていた。気分が悪くなるような匂いではないが、やはり落ち着かない。

「ケイザブロウ？　ウェイト」

見世で働く異国人の声が響いた。

先に品を買った誠之助は、おたねにも渡した。

「やわらかいものと堅いもの、二種を買ってみた」

誠之助は告げた。

「どう違うの？」

おたねが問う。

「堅いほうは船乗りさんの食べ物になるそうです」

蘭丸が横合いから言った。

「かなちゃんは、やわらかいほうがいいわね」

おたねは感触をたしかめてからパンを一つ手に取った。

「はい、どうぞ」

やわらかいところだけちぎって与えたのだが、おかなの口には合わなかったらしい。しばらくくちゃくちゃしてから、ぺっと吐き出してしまった。

「ちょっと苦いからな」

誠之助が言った。

「わらべの口には合わないかもしれませんね」

蘭丸も和す。

「ごめんね。あとでまた甘い串を食べようね」

おたねがなだめるように言うと、おかなはあいまいな表情でうなずいた。

そこで、見世の中から一人の若者が手を拭きながら飛び出してきた。

異人のパン屋で働いている桂三郎だった。

十

グッドマンの見世の名は「ファミリー・ベイカー」といった。

家族のパン屋という意味らしい。亜米利加人の見世だが、小麦粉はおもに欧州から最高級の小麦粉を取り寄せていると聞いた。

「うちのパンには、いのちが詰まっているんです」

桂三郎は胸を張った。

「耶蘇教の教えとも一脈通じていると聞いたけれど」

桂三郎が持ってきたビースケットという食べ物の舌だめしをしながら、誠之助は言った。

「はい。むずかしくてよく分からないのですが、小さいものが見えないところで力を持って育っていくのは神さまのお力なのだとか」

八王子から修業に来た若者はそう伝えた。

「なるほど、深いな」

誠之助がうなずく。

「パン生地がだんだんふくらんでいくのを見ると、むずかしいことは分からないなりに、何か見えない力が働いているような気がします」

桂三郎はいい目つきで言った。

「食べられる？」

おたねはおかなに訊いた。

さきほどのパンは口に合わなかったようだが、ビースケットは大丈夫らしい。いくたびか嚙んでから胃の腑に落とすと、おかなはにこっと笑った。

「これはティーと一緒に食べるんです」

桂三郎が教えた。

「砂糖を入れると存外にうまいね、ティーは」

居留地慣れしている蘭丸が言った。

「わたしはただのお茶のほうがいいですけど」

桂三郎はそう言って笑った。

ほどなく、見世の前に背の高い異国人が出てきて何か言った。

「シュアー」

桂三郎が答える。

「早く戻れって?」

おたねが問う。

「ええ。次のつとめがあるぞ、と」

若者が答えた。

「いまのが店主のグッドマン氏かい?」

誠之助がたずねた。

「いえ、クラークさんです。店主は病気がちで、見世に顔を出さないこともありますので。

では、またお越しいただければと」

桂三郎は白い歯を見せた。

「ああ、また来るよ」

誠之助が言った。

「お兄ちゃん、またねって」

おたねがおかなに言う。

「またね」

おかなが無邪気にそう言ったから、居留地のパン屋の前にふわっと和気が漂った。

第四章　夢パン始末

一

「物騒な世の中になったねえ」

夏目与一郎がそう言って、冷やし甘藍うどんを口に運んだ。

「外国艦隊が江戸や横浜へ攻めてくるといううわさは春先からありましたが」

寺子屋を終えた誠之助も箸を動かす。

「じゃあ、いちばんいいときに横浜へ行けたのかも」

外で猫たちと遊んでいるおかなのほうをちらりと見て、おたねは言った。

「あの頃も、生麦事件の補償金をめぐって外国艦隊が攻めてくるといううわさが根強くあって、江戸や横浜から田舎のほうへ逃げる者が後を絶たなかった」

誠之助はそう言って、少し顔をしかめた。

「いったん『それはなさそうだ』ということになって、また人が戻ってきたところに非常警戒令が出たんです」

政太郎がいったん箸を置いた。

「話の途中だけど、舌だめしのほうは？」

おりきがしびれを切らしたようにたずねた。

「冷やしうどんはうまいんですが、載っているのは甘藍の油炒めじゃないほうがいいと思いますよ」

誠之助が忌憚《きたん》なく言った。

「たしかに、手塩にかけたものを悪く言いたくはないが、刻み葱や海苔のほうがずっといいやね」

夏目与一郎が苦笑いを浮かべた。

「刻んだ油揚げなども」

と、誠之助。

「貝割れ菜や茗荷《みようが》なども合うでしょう」

政太郎がまた箸を動かす。

「半ゆでの玉子なんかも合うかも」

おたねがふと思いついて言った。

「ああ、うどんとからめたら、おいしいかもしれないね」

おりきが乗り気で言った。

「なら、今度はそれでやってみなよ、おっかさん」

持ち帰り場から太助が言った。

「よし、今度な」

女料理人が二の腕をたたいた。

ほどなく、また常連が続けて入ってきた。

一人は往診帰りの玄斎、もう一人は平田平助だった。こちらは海で泳いだ帰りらしい。

一枚板の席は手狭なので、みなで座敷に移り、世の動きについて腰を据えて語る構えになった。今日は患者が少ないため、玄斎も小半刻《こはんとき》（約三十分）くらいなら油を売る余裕があるようだ。

「馬関《ばかん》（いまの下関《しものせき》市）のほうじゃ、とうとういくさが起きたそうじゃないか。物騒なことだね」

座敷に腰を下ろすなり、玄斎が言った。

「長州の軍艦が異国船を攻めたらしいから、こりゃあただじゃ済まないね」

夏目与一郎も憂い顔で言う。

「江戸で火の手が上がったら、浜御殿のほうから花火が揚がるとか、町で半鐘が鳴るとか聞きましたけど」

おたねはそう言っておかなのほうを見た。

さちとふじが逃げてしまったあとは、一人で石を積んで遊んでいる。満で二つになったら言葉はなおのこと増えたが、ときおり聞き分けのないことを言いだすこともあった。

この子が平穏に暮らしていければいいけれど……。

おたねは心の底からそう思った。

「さすがに、いきなり江戸が攻められることはないと思いたいんだが」

玄斎があごひげに手をやった。

「泳いでるときに砲撃が来たら剣呑ですなあ」

平田平助は相変わらず呑気だ。

生麦事件の補償金を巡る対英交渉は難航した。危機感を募らせた幕府は、いまにも攻撃を受けるかもしれないと、江戸と横浜に非常警戒令を発した。文久三年、五月四日のことだ。

同月七日には、横浜駐在の英国領事が、生麦事件の補償交渉の決裂を理由に、同国艦隊に自由な行動を取らせると神奈川奉行に通告した。いつなんどき英国艦隊から攻められるか分からないわけだから、緊張はさらに高まった。

翌々日の九日、老中格の小笠原長行《おがさわらながみち》は独断で生麦事件の補償金を英代理公使ニールに支払った。

同日、幕府は各国公使に横浜、長崎《ながさき》、箱館《はこだて》の三港の閉鎖と、居留外国人の退去を要求する通告を発する。ただし、これは諸国が猛反発、翌十日、退去を強制すれば自衛行動に出ると逆に恫喝《どうかつ》した。

そんな緊張が高まっているさなかに、長州藩の軍艦がアメリカの商船を砲撃するという事件が起きたのだった。

「いくさがこちらに飛び火してきたらどうしようかねえ、おたねさん」

鰹の角煮の盛り付けをしながら、おりきがたずねた。

「そりゃあ、子連れで逃げるしかないわね」

おたねの表情が曇った。

その脳裏に、あの日の光景がふと浮かんだ。

おゆめを亡くした震災の日の火の手が、いまそこで燃えているかのようによみがえってきたのだ。

「おれが背負って逃げるから」

同じ光景を思い出したのかどうか、誠之助が力をこめて言った。

「まあまあ、案じてても仕方がないね。はい、角煮あがったよ」

おりきが明るく言った。

「はあい、いま運びます」

およしがすぐさま動く。

「はんぺんと甘藷、まだあるよ。おいしいよ」

持ち帰り場から、春吉が道行く人に声をかけた。

常連客からは、早くも二代目と呼ばれている。背丈も伸びてきたから、そのうち揚げ物もできるようになるかもしれない。

角煮が出た。

鰹はたたきやあぶりもいいが、これも美味だ。

角切りにした鰹は下ゆでし、いったんざるに上げて冷ましておく。煮汁は濃口醤油、酒に味醂、それに、薄切りの生姜《しょうが》と梅干しを加える。これによって、鰹の臭みが抜け、うま味だけがぎゅっと濃くなる。

煮汁が沸いたところで鰹を入れ、落とし蓋をして煮る。煮汁が少なくなってきた頃合いに天地を返し、まんべんなく行きわたるようにする。器に盛って、針生姜を添えれば出来上がりだ。あつあつもいいが、冷めてもうまいし、存外に日もちもする。

「いまのうちに、うまいものを食べておかないと」

平田平助がそう言って角煮を口に運んだ。

「あとで思えば、あれが潮の変わり目だったかと思ったりするんだろうが、泳いでいるときは分からないからね」

同じく泳ぎが達者な夏目与一郎が言う。

「ところで、象山先生のその後は？　まだ松代におられるのかい？」

玄斎が誠之助にたずねた。

「ええ。土佐や長州に招聘されるという話は沙汰止みになったようですが、そのうちまた何か動きがあるでしょう」

誠之助は答えた。

「そりゃ、天下の佐久間象山だからね」

夏目与一郎が言う。

「もし江戸に見えるのなら、医学の話をお聞きしたいものだ」

歳を取っても学びの心を失わない玄斎が言った。

「そのうち、そういう機があるかもしれません。ほかの門人も動いているようですから」

誠之助はそう言うと、表のほうに目をやった。

おたねも見る。

石積み遊びに飽きたおかなが、お手玉を始めていた。

「ひとぉつ、ふたぁつ……」

数えながら、赤いお手玉を放り上げては受け取る。

その色が心にしみるかのようだった。

二

象山の身に大きな変化が起きたのは、七月の終わりのことだった。

意想外なことに、朝廷から招聘の声がかかったのだ。

横浜開港の立役者とも言うべき象山に、攘夷で凝り固まっていた朝廷が声をかけるのはいささか筋違いのように思われるが、これには伏線があった。

下関事件のあと、列強の報復は迅速かつ苛烈だった。五月下旬にフランスとオランダの軍艦が反撃。六月一日にはアメリカの軍艦が長州藩の砲台を攻撃した。同五日には、フランスの軍艦が徹底的な砲撃を加え、砲台が一時占拠される事態に陥った。

尊王攘夷の気勢を上げていた朝廷側も、この現実を見て認識を改めざるをえなかった。敵艦隊の報復攻撃は、まさに鎧袖一触《がいしゅういっしょく》だった。彼我《ひが》の国力の差を嫌でも見せつけられたかたちになった。

やみくもに攘夷を叫んでも、実《じつ》にはつながらない。そう認識を改めた朝廷は、より現実的な戦略を練るための知恵袋として象山に白羽の矢を立てたのだった。

七月二十六日、朝廷の使者が松代藩へやってきてその話を持ちかけた。留守居役から伝えられた象山は、いささか当惑したものの、喜びもまた隠せなかった。朝廷から招聘を受けるのは何よりの名誉だ。長く蟄居の身をかこっていた天才佐久間象山に、ようやく光が当たったのだ。

松代藩との関わりもあるし、朝廷の真意を慎重に量るため、すぐ承諾はしなかったが、象山は引き受けるつもりでいた。義兄に当たる勝海舟などに宛てた文にも、朝廷から招かれた象山の得意を見て取ることができる。

象山はまた、諸国に散らばっている弟子たちにもその旨を伝えた。

密命と言うほど大げさなものではないが、知らせを聞いたいくたりかの弟子が動いた。

その一人、武部新右衛門が夢屋ののれんをくぐったのは、八月の初めのことだった。

「こちらから松代へ行こうと思っていたところなんだ」

寺子屋を終えた誠之助が笑顔で迎えた。

「蟄居所のほうがかえって忍んで行きやすいっちゅうこともありますさかいにな」

座敷に陣取った新右衛門が言う。

「そういうこともないのだが、おれでなければという役ではないからな」

と、誠之助。

「先生のお好きな豆菓子は、代わりにわたしが届けてましたんで」

新右衛門はそう言うと、鯖《さば》のとろろ昆布和えに箸を伸ばした。

まずしめ鯖をつくる。むろんそのまま出してもいいが、鯖をそぎ切りにしてとろろ昆布をまぶせば、びっくりするほど味が深くなってうまい。

「それはそうと、薩摩のいくさの首尾について、象山先生はどう言っておられたか」

誠之助はたずねた。

その隣に座る政太郎も少し身を乗り出す。

「イギリス艦隊が戦闘をやめて横浜へ戻ったのは、先生にも意外やったようですわ」

新右衛門はそう言うと、鯖のとろろ昆布和えの二切れ目に箸を伸ばした。どうやら気に入ったらしい。

話に出ている薩摩のいくさとは、世に言う薩英戦争のことだ。生麦事件に端を発する交渉事がこじれにこじれ、ついに英国艦隊が薩摩を攻めるという最悪の展開になった。

ただし、城下を焼かれながらも、薩摩藩は気丈に反撃を試みた。その結果、英国艦隊にも甚大な被害が出た。有力な将校も失った英艦隊は攻撃を打ち切り、横浜への寄港を余儀なくされた。

「たしかに、薩摩にそこまでの力があるとは思わなかったね」

誠之助は包み隠さず言った。

「列強も驚いているでしょう」

政太郎も言う。

薬種問屋の跡取り息子の言うとおりだった。またしても鎧袖一触かと思いきや、薩摩藩の武力と奮闘ぶりは予想外のものだった。

「でも、焼かれた薩摩の町の人はたまったもんじゃないね」

厨からおりきが言った。

「そうそう。お気の毒に」

次の肴と酒を運びながら、おたねも和した。

生麦事件の補償金を幕府はすでに支払っている。にもかかわらず薩摩の城下に砲撃を加えたことには、イギリス本国でも非難の声があった。

いい香りのする肴が出た。平茸のつけ焼きだ。醤油と味醂と酒の割地に粉山椒《こさんしょう》を加え、こんがりと焼く。いつしかまた茸のうまい季《とき》が巡ってきた。

それを肴に呑みながら、なおしばらく話が続いた。

「なんにせよ、象山先生が朝廷の舵取り役になられたら、うまいことといくのとちゃいますやろか」

新右衛門がそう言って、平茸に息を吹きかけてから口に運んだ。

「そうなるといいがな」

誠之助が白い歯を見せた。

しかし……。

象山が朝廷に招かれることはなかった。意外な成り行きで、沙汰止みになってしまったのだ。

三

文久三年八月十八日、公武合体派によるクーデターが行われた。

薩摩藩と会津藩がひそかに結び、勢力を拡大していた長州藩の尊王攘夷派と、長州に通じる公家《くげ》たちを追い払ったのがこの八月十八日の政変だった。過激な尊王攘夷派は象山を招いて新たな道を探ろうとしていた。その後ろ盾となっていた人物が政変によって失脚してしまったのだ。

象山自身は公武合体論者だった。尊皇攘夷派によって朝廷に招かれることになったが、その考えを改めさせる自信には並々ならぬものがあった。その象山の招聘が、ほかならぬ公武合体派のクーデターで沙汰止みになってしまったのだから、なんとも皮肉な成り行きだった。

「まあ、このたびは沙汰止みでも、象山先生なら引く手あまただろう」

夏目与一郎が言った。

九月の末の夢屋だ。

「ただ、いよいよ腰を上げようとしたとこで待ったがかかったんで、さすがの先生もちょっと落胆しはったみたいですわ」

　武部新右衛門が言った。

　相変わらず松代に足を運び、諸国の門人のつなぎ役として動いている。

「それは先生だって人だからな」

　誠之助が苦笑いを浮かべた。

「おいらが会ったときは人には見えなかったけど」

　太助が首をすくめる。

「その言い方だと、おまえが象山先生と格が同じみたいに聞こえるよ」

　厨からおりきが言う。

「滅相もねえこって」

　太助はあわてて手を振った。

「で、これはここだけの話ですけどな……」

　新右衛門が声をひそめた。

「何だ」

　誠之助が身を乗り出す。

「象山先生の奥方は、幕臣勝海舟先生の妹御です。このたび、松代から江戸の赤坂《あかさか》の海舟先生のもとへ里帰りされることになりまして」

新右衛門はそう伝えた。

酒を運んできたおたねは、いささかいぶかしく思った。なぜそれが「ここだけの話」なのか腑に落ちなかったからだ。

しかし、新右衛門の話には続きがあった。

「で、それに随行するわけとはちゃいますねんけど、象山先生もお忍びで出てこられるつもりをしてはるようなんですわ」

「先生が江戸に？」

誠之助が問うた。

「そりゃあ、一大事だね」

夏目与一郎が言う。

おたねもうなずいた。なるほど、それなら「ここだけの話」だ。過激な攘夷論者にとっては、横浜開港の礎を築いた佐久間象山は異人並みの敵だろう。

「むろん、ただの物見遊山《ゆさん》で見えるわけじゃないんだろう？」

誠之助が問うた。

「どなたかと会われる心づもりなのでしょうか」

政太郎も言った。

「義兄に当たる勝海舟先生とは、この先の国の舵取りについてお話をしたいというご意向のようですわ。それから、相談なんですけど……」

新右衛門は一つ座り直してから続けた。

「福沢諭吉先生と誠之助さんは、一緒に英語を学ばれたことがおありでしたな？」

「ああ、森山多吉郎《もりやまたきちろう》先生のもとでな。森山先生が通詞として多忙を極めておられたので、ともに教えを請うた時はさほど長くなかったが」

誠之助は答えた。

「そう言えば、福沢さんは新右衛門さんとしゃべり方がよく似てるんですよ」

福沢諭吉が夢屋に来たときのことを思い出して、おたねが笑みを浮かべて言った。

「大坂《おおさか》の適塾《てきじゅく》のご出身ですさかいにな。で、その福沢先生は長い洋行から帰られて、字引をつくったりいろいろ気張ってはると仄聞《そくぶん》しとります」

新右衛門はちらりと耳に手をやった。

「なるほど。そのうわさは松代にまで届いているわけだな」

誠之助はにやりと笑った。

「話が読めてきたぞ」

夏目与一郎も笑みを浮かべたとき、舌だめしの料理ができあがった。

横浜で若きパン職人の桂三郎と知り合ったあと、夢屋ではにわかにパン熱が高まってきた。天火《てんぴ》(いまのオーブン)があるから、粉をこねてしかるべきたねを入れて焼けばパンのごときものが焼けるのではなかろうか。

洋書を読める誠之助と政太郎がつくり方の勘どころを教えた。おりきは尻込みをしたため、おたねが引き受けることにした。粉をこねる作業はおかなも手伝った。

いろいろ思案した末に、甘酒のもとになる酒粕《さけかす》を入れてみた。初めは面妖なおやきのごときものにしかならなかったので、粉の割りなどを変えてつくり直してみたものがいま焼きあがったところだ。

「夢屋のパンでございます」

いくらか自信なさげに、おたねが大皿に盛ったものを差し出した。

「略せば夢パンだね」

もと与力の狂歌師が言う。

「夢みたいにふくらみはしなかったんですけど」

おたねは苦笑いを浮かべた。

「たしかに、ずいぶんでこぼこしているな」

誠之助があいまいな顔つきで言った。

「見てくれは悪うても、食ってうまけりゃすべて良しでしょう」

新右衛門がそう言ってパンのごときものに手を伸ばした。

「そりゃあ名言だね」

夏目与一郎が続く。


　こんなもの食へるのかてふ見てくれでも食ふてうまけりやすべて良しなり

海目四目の顔で、得意の狂歌もさらりと詠《よ》む。

「なら、わたしも舌だめしを」

おたねも一つ手に取った。

「かなちゃんも」

おかなの小さい手も伸びたから、夢屋に和気が満ちた。

さりながら、評判はあまり芳しくなかった。

やはり、おやきに毛が生えたような出来にとどまってしまっている。それなら、信州名物のおやきのほうがはるかにうまい。

「見てくれが悪くて食ってまずいのは、どうも取り柄がないな」

さきほどの狂歌を踏まえて、誠之助が苦笑いを浮かべた。

「ほんとに。もう少し良くなると思ったんだけど」

おたねが肩を落とす。

おかなは少し食べたが、顔をしかめて戻してしまった。

「餅は餅屋かもしれないね」

夏目与一郎が言った。

「やっぱり横浜土産のパンのほうがうまいな」

舌だめしをした太助が言った。

隣で春吉も少し食べ、うへえという顔つきになる。

雛屋の佐市と杉田蘭丸は先だってまたつれだって夢屋を訪れ、横浜土産のパンを渡してくれた。桂三郎が働いているグッドマンの見世のパンだ。日もちがするようにと堅いパンばかりで、嚙むのにいくらか骨が折れたが、ぼうとるを使った本場のパンはそれなりに風味が良かった。あれに比べると、夢屋のパンはまるで勝負にならなかった。

「夢パンより横パンだね」

夏目与一郎がまとめた。

「横浜のパンを使った料理を思案したほうがいいかもしれないね」

おりきが水を向けた。

「そうねえ」

おたねはほおに指を当てた。

そう言われても、すぐには何も浮かばなかった。

「まあ、それはそれとして……」

新右衛門が座り直した。

「象山先生と福沢さんをひそかに引き合わせる話か」

誠之助の表情が引き締まった。

「そのとおりで。福沢先生としても、象山先生の謦咳《けいがい》に接して、いろいろ訊いてみたいと思いはりますやろ」

新右衛門はそう言うと、両手の長い指を組み合わせた。

「で、おれにお膳立てをしろと？」

誠之助はおのれの胸を指さした。

「象山先生が松代を出られる日はおおよそ決まってるんですわ」

新右衛門は少し声をひそめて答えた。

「それに合わせて、福沢さんに声をかけて引っ張ってこられないかということか」

誠之助は腕組みをした。

忍びの心得があり、象山の蟄居中は何度も松代へ忍んで行った誠之助にとってみても、それはなかなかの難題だ。

「平たく言うたら、そういうことです。ほかに頼める人はいまへんよってに」

新右衛門は拝むようなしぐさをして、組み合わせていた指を解いた。

「そうすると、お二人が会うことになるのは……」

おたねはゆっくりと指を下に向けた。

「そりゃあ、夢屋を貸し切りにするしかないだろう」

誠之助が言った。

「象山先生に何をお出しすればいいのかねえ」

おりきがにわかにおろおろした様子になった。

「そりゃあ、わたしが育てた甘藍の料理を召し上がってもらわなければ」

夏目与一郎がここぞとばかりに言った。

「観音汁も象山先生のお知恵をいただいたので、どうあってもお出ししないと」

おたねが思案しながら言った。

「串も腕によりをかけて揚げますんで」

太助が二の腕をぽんとたたいた。

「まあ、料理の思案より何より……」

誠之助はだいぶ余っている夢パンに手を伸ばした。

「福沢先生との段取りですな」

新右衛門が言った。

「誠之助さんの腕の見せどころだね」

夏目与一郎が言う。

「正式に象山先生のほうの段取りが決まりましたら、早飛脚で文を送りますわ」

武部新右衛門が背筋を伸ばした。

「分かった。人生の一大事だと心得て、段取りを整えよう」

誠之助はそう請け合うと、夢パンを二つに割って口に運んだ。

第五章　夢屋のいちばん長い日

一

坂の上手《かみて》のほうから、わらべたちのにぎやかな声が響いてきた。

寺子屋が終わったのだ。

「おっ、来たな」

持ち帰り場の太助が言った。

「さっそく舌だめしをしてもらいましょう」

おたねが笑みを浮かべる。

「ついでに甘藍包みのほうも」

一枚板の席から、夏目与一郎が言った。

「塩を振ればいけますぜ」

「醤油でもわりかた」

ちょうど空駕籠で前を通りかかり、夢屋でひと休みしている江戸兄弟が舌だめしをしながら言う。

「いや、何か足りねえんじゃねえか?」

師匠筋に当たる隠居の善兵衛が言った。

佐久間象山がお忍びで夢屋を訪れる日取りは決まっていた。また、誠之助の働きで、福沢諭吉も夢屋に来ることになっている。段取りは着々と整っていた。

ただし、まだ決まっていないこともあった。象山と福沢諭吉の会談は夢屋を貸し切って行われるが、どんな料理を出すか、細かいところが煮詰まっていなかった。

今日は持ち帰り場の串があらかた売れたので、残った油を使って料理の試作をしてみた。

甘藍包みもその一つだ。

甘藍と葱を細かく切って片栗粉をまぶし、香りづけの胡麻油と塩胡椒の味つけでまとめる。これを饅頭《まんじゆう》のように皮で包んで揚げてみたところ、それらしい料理にはなったのだが、これをそのままお出ししたら首をかしげられそうだ。

「どっちがうまいか、わらべに舌だめしをしてもらいましょうや」

太助が言った。

「こりこりしてて、おいしいですよ」

およしが賽の目に切られたものをつまんで言った。

元は横浜土産の堅パン、略して横パンだ。

これを賽の目に切り、油で揚げてみた。誠之助が洋書で調べてみたところ、これをぼうとるで炒めると香ばしく、「すぷ」に入れればことのほか美味になるらしい。むろん、ぼうとるは手元にないから、とりあえず持ち帰り場の油で揚げてみたものがいまできあがったところだ。

「おいちゃん、甘藷の串」

真っ先にやってきたわらべが勢いこんで言う。

「悪いな。はんぺんしかねえんだ。その代わり……」

太助は揚げたての横パン揚げを差し出した。

「何これ、おとう」

春吉がたずねた。

すっかり大きくなったせがれは、先月から誠之助と政太郎の寺子屋に通いはじめた。だいぶ水になじんできたようだ。

「まあ食ってみな。早い者勝ちだぜ」

太助は爪楊枝に刺したものを差し出した。

「はい、どうぞ」

「こりこりしておいしいわよ」

およしとおたねが渡す。

わらべはさっそく先を争うようにして食べはじめた。

「あっ、うめえ」

「あられみたい」

「いくらでも食べられるよ」

評判は上々だった。

「お母さま、わたしも」

おかなが小さな手を伸ばしてきた。

背丈が伸び、言葉もますます増えてきた。おたねと誠之助が寝しなにさまざまな話をしてやっている。矢継ぎ早に質問を発するから、ときどきたじたじになるほどだ。

「はいはい、どうぞ」

おたねが横パン揚げを渡した。

それを食すなり、おかなはにっこりと笑った。

そんなわけで、横パン揚げの評判は上々だったが、甘藍包みのほうはわらべたちにもいま一つだった。

「中がぱさぱさしてる」

「何かにつけないとおいしくないよ」

わらべは正直に思ったとおりのことを言う。

「どうやら甘藍は出直しだね」

夏目与一郎があいまいな顔つきで言った。

「べつに奇をてらわなくても、甘藍焼きうどんでいいんじゃないかしら」

おたねが案を出した。

「そうそう、茸がおいしい季《とき》だから、炊き込みご飯でも添えてね」

と、おりき。

「あとは浜で獲れた活きのいい魚料理と、白金村の杉造さんのところから玉子と鶏肉が入れば」

おたねがうなずく。

「象山先生はじゃがたら芋の栽培を奨励されていたから、調達して料理に加えればなおいいだろう」

誠之助が絵図面に筆を加えた。

「まだ日にちはいくらかあるから」

おたねが言った。

「気張ってやるしかないね」

おりきも笑みを浮かべる。

「なら、おいらたちも気張って……」

「福沢先生をさあっと運びまさ」

江戸兄弟が言った。

佐久間象山は武部新右衛門が夢屋に案内することになっているが、それに先んじて江戸兄弟の駕籠で福沢諭吉を招くという段取りだ。

「おめえら、しょうもねえことを言って、へそを曲げられねえようにしな」

善兵衛が言った。

「へい」

「合点で」

油を売っていた駕籠屋は、そう言うとすっと立ち上がった。

二

その日が来た。

夢屋の前に「本日かしきり」の立て札を出すと、おたねはふうっと一つ息をついた。

これまでも大事な客をお迎えしたことはあるけれども、今日はいよいよ佐久間象山先生が夢屋に来る。粗相があってはならないから、いやがうえにも気が張ってきた。

その前に、福沢諭吉も江戸兄弟の駕籠で来る。両雄の面会の席にふさわしい料理をお出ししなければならないから、夢屋の面々は朝から仕込みに余念がなかった。

幸い、白金村の杉造がふんだんに玉子を運んできてくれた。鶏肉も入った。これで名物料理の一つの夢づつみができる。

「幸先がいいね」

おりきが笑みを浮かべた。

「炮烙《ほうろく》も明珍さんがいいものをつくってくださったし」

おたねが笑みを浮かべる。

海老や鶏肉や葱などの具を溶き玉子に入れ、味つけをしてから炮烙に流しこんで天火で焼く。火が通ったものを箸で割ると、とりどりの具が夢のように飛び出してくるところから夢づつみという名がついた。玉子の炮烙焼きではいささか長い。

「茸もたくさん入ったから、炊き込みご飯と天麩羅でいけるしね」

おりきが言った。

「浜のほうからも上物の鯛や平目が入ったのでほっとしました」

おたねが胸に手をやった。

芝の浜の漁師たちも夢屋の常連だ。わけを話したところ、漁師頭の浜太郎《はまたろう》と、海太郎《うみたろう》を筆頭とする五人の息子、海の男たちが競うようにいい魚を入れてくれた。

「意気に感じて、海老もいいものを入れてくださったので」

春吉とともに海老の下ごしらえをしながら、およしが言った。

持ち帰り場も休みだが、串揚げも夢屋の顔だ。横浜の出見世ではこれだけをあきなっているのだから、どうあってもお出ししなければならない。

「あとはじゃがたら芋だねえ」

おりきが言った。

姿が見えない誠之助と政太郎、それに太助はつてを頼り、じゃがたら芋の仕入れに行っている。象山が栽培や飼育を奨励している食材のうち、さすがに豚肉は入手がむずかしいが、じゃがたら芋ならなんとかなりそうだった。

「観音汁に入れれば、象山先生も喜ばれるんじゃないかと」

おたねは笑みを浮かべた。

「先生はまだ？」

座敷でお手玉遊びをしていたおかながたずねた。

赤と青の模様が入ったお手玉が動くたびに、親子猫のさちとふじがひょいひょいと前足を出して取ろうとする。思わず心がなごむ愛らしい姿だ。

「七つ（午後四時）から日暮れにかけてのご到着っていうことだから、まだだいぶ先よ」

おたねが教えた。

「それに合わせてじいじも見えるからね」

おりきが言う。

祖父の玄斎のことだ。佐久間象山と福沢諭吉の面談とあらば、どうあっても末席で話を拝聴したい。そういう意向で、診療は妻の津女に任せて夢屋に来ることになっている。

「うん、楽しみ」

おかなは笑みを浮かべた。

ほどなく、夏目与一郎が包みを提げてやってきた。

「大玉二個は召し上がらないだろうがね」

もと与力の狂歌師はそう言って包みをおりきに渡した。

「ずっしりと重いですね」

受け取った女料理人が笑みを浮かべる。

中身はもちろん、夏目与一郎が手塩にかけて育てた甘藍だ。

「では、さっそく外皮を吟味しましょう」

おたねが両手を軽く打ち合わせた。

甘藍は日の当たる外皮のほうが硬くごわごわしている。酢漬けにするという手はあるが、いま一つだったゆえ、このところは惜しげもなく剝《は》がして捨てていた。どのあたりまで皮を剝いで使うか、まず吟味をしておかなければならない。

「象山先生の胃の腑にわがせがれが入るかと思うと、感慨もひとしおだねえ」

夏目与一郎が言った。

隠居してからもうだいぶ経つが、畑仕事をするかたわら、平田平助とともに水練をしたりしているおかげか、日焼けした顔はいかにも達者そうだ。

「腕によりをかけてつくりますんで、甘藍焼きうどん」

おりきが二の腕をたたいた。

そうこうしているうちに、誠之助と政太郎と太助が帰ってきた。

「大漁だよ、おっかさん」

おりきの顔を見るなり、太助が言った。

「仕入れられたかい、じゃがたら芋」

おりきが問う。

「渋谷《しぶや》村まで行ったんだから、空手で帰るわけにゃいかないやね」

太助はそう言うと、背に負うた嚢《ふくろ》を下ろした。

誠之助と政太郎も続く。

「これ、みんなじゃがたら芋？」

おたねが驚いたようにたずねた。

「いや、人参や大根もある。どれもなかなかのものだよ」

誠之助が答えた。

「甲州《こうしゅう》の出の人だそうで。じゃがたら芋もそちらから」

嚢の中から芋を出しながら、政太郎が言った。

「象山先生もじゃがたら芋の栽培を奨励されていたが、珍しく象山先生が嚆矢《こうし》というわけじゃない。甲斐国《かいのくに》の代官が栽培を奨励し、小野蘭山《おのらんざん》という人が栽培したのが始まりらしい」

誠之助が告げる。

「もともとはどこから？」

おたねはさらにたずねた。

「オランダわたりだ。ジャワのジャカルタを経て伝来したから、その名がついたと言われている」

誠之助が答える。

「へえ、由緒があるんだねえ」

芋をあらためながら、おりきが言った。

「その芽のところは毒があるから、包丁の刃元のとこでえぐり取らねえといけねえそうだ」

太助が伝えた。

「前にも扱ってるから平気だよ、太助。それに、ふぐみたいな毒じゃないんだろう？」

と、おりき。

「腹をこわすくらいで、死にゃしねえそうだがよ」

太助がそう言って、春吉に一つ渡した。

「これで何をつくるの？」

じゃがたら芋を手にした跡取り息子がたずねた。

「どうする？　おたねさん」

おりきも問う。

「そうねえ……クローケーは一度しくじってるから」

おたねが言った。

「象山先生のお知恵を拝借した料理だから、お出しできればそれがいちばんだがな」

誠之助が言った。

「また飛び散ったら肝をつぶすからね」

おりきは尻込みした。

かつて、松代の象山の知恵も得て、クローケーなるものを試作したことがある。いまのコロッケだ。

じゃがたら芋をゆでてつぶし、細かく切って炒めた鶏肉をまぜ、俵形に丸めて粉をはたいて揚げる。そろそろできあがるかという頃合いになって、丸め方がまずかったのかどうか、派手な音を立てて飛び散ってしまった。

「あのときは、『まあ良いであろう』の旦那に目をつけられちまったからな」

太助が苦笑いを浮かべた。

町方の隠密廻《おんみつまわ》り、野不二均蔵《のふじきんぞう》同心のことだ。名うての南蛮ぎらいの同心は、夢屋が出す南蛮風の料理を目のかたきにしている。クローケーが破裂して騒ぎになったときも、火事になったらどうするとえらい剣幕で文句を言われてしまったものだ。

「とりあえず、じゃがたら芋は観音汁には入れましょう」

おたねが言った。

「観音汁、大好き」

おかなが無邪気に手を挙げる。

「今日はそこに揚げた横パンが入るからね」

おりきが笑みを浮かべた。

「でも、まずはお客さまからよ」

おたねがクギを刺す。

「うん。あとでいい」

おかなはそう言ってうなずいた。

「ゆでてつぶしたじゃがたら芋に味つけするだけでも肴にはなるだろう」

夏目与一郎が言った。

「ああ、それなら」

おたねは両手を打ち合わせてから続けた。

「甘藍焼きうどんを大きめのお皿に盛って、そのまわりにじゃがたら芋を付け合わせにすればどうかしら」

「皿なら伊皿子焼がたくさんあるからな」

誠之助が乗り気で言う。

「ごろっとした感じで、お酢と塩胡椒で味つけすればちょうど良さそう」

「それなら、わたしでもできるよ」

おりきがおたねに言った。

「じゃがたら芋は、オムレットにも入れられるし」

おたねはまた案を出した。

玉子でくるっと具を包むオムレットは、夢屋の裏料理の一つだ。

「なんとかいけそうだね」

おりきが笑う。

「あとは気合だな」

太助が両手をぱちんと打ち合わせた。

かくして、仕入れが終わり、段取りも決まった。

三

七つごろになると、おたねはいくたびも夢屋の外に出た。

まずは福沢諭吉の到着を待つ。

いまにも伊皿子坂の下手から江戸兄弟の駕籠が来やすまいかと気が気でなかった。福沢諭吉の次には佐久間象山が待ち受けている。今日は長い一日になりそうだ。

福沢諭吉に先んじて、坂の上手から急ぎ足で玄斎がやってきた。

「まだか?」

おたねに気づいて、玄斎が先に声をかけた。

「そろそろ見えると思うんだけど、お父さん」

おたねが答える。

「診察が長引いたのでひやひやしたよ」

玄斎がほっとしたように言った。

「診療所は大丈夫なの?」

「ああ。お母さんと玄気に任せてきた」

玄斎は弟子の若者の名を出した。

夢屋に入ると、玄斎は一枚板の席に陣取り、夏目与一郎と話を始めた。誠之助と政太郎は象山に渡す書物をあらためている。おりきは厨の支度に余念がない。太助とおよしの串揚げの支度も整っている。

これから大事な客が二人も来る。何かただならぬ気配を察するのか、さちとふじ、二匹の猫まで何がなしに浮き足立っていた。

「赤い顔でお迎えするわけにはいかないから、ほどほどにしておくよ」

元与力の狂歌師が猪口をかざした。

「わたしはお茶で。まさかとは思うが、診察を請われたら困るので」

玄斎は笑みを浮かべた。

「そんなことはないと思うけど。象山先生だって名医なんだし」

おたねが言った。

業績が多岐にわたっているからいささかかすんでしまってはいるが、佐久間象山は医業も優れていた。治療器具を自ら考案し、外科手術まで行っていたから並々ならぬ腕前だ。

(ほかの医者が見放した患者でも、一度は松代の象山先生に診てもらえ)

郷里の信州ではそう言われていたほどだった。

「ちょうどいい浸かり具合だね」

甘藍の酢漬けを口に運んで、育ての親が言った。

「どれ、それならわたしも」

玄斎も箸を伸ばす。

「先生方の分も残しておいてよ」

おたねが言った。

「ああ、分かってるよ」

玄斎がそう答えたとき、持ち帰り場の太助の顔つきが変わった。

「来た来た」

持ち帰り場からは外が見える。

伊皿子坂を江戸兄弟の駕籠が上ってくるところだった。

四

「ようこそのお越しで」

客に向かって、おたねがていねいに頭を下げた。

巧みに稲穂をかたどった簪《かんざし》もふるりと揺れる。

「象山先生はまだ？」

福沢諭吉がたずねた。

「はい。日の暮れまでにはお着きになるかと」

おたねは答えた。

「ほな、上座を空けて、座らせてもらいましょ」

福沢諭吉は座敷に上がった。前にも夢屋に来たことがあるから、勝手は分かっている。

あのときは誠之助と坂井聡樹が福沢諭吉の相手をした。初対面になる玄斎と夏目与一郎と政太郎を紹介したあと、さっそく茶とお通しが運ばれた。酒は象山が到着してからだ。

「お忙しいですか」

少し落ち着いたところで、誠之助がたずねた。

文久遣欧使節に加わり、万国博覧会など西洋の事物の見聞を広めてきた福沢諭吉は、その面構えに知の年輪めいたものを加えていた。その一方で、目の下には隈ができており、疲れの色も見て取れる。

「薩英戦争が起きたもんで、幕府の仕事がえらい増えましてなあ」

福沢諭吉はそう言って、苦そうにお茶を啜《すす》った。

甘藍の酢漬けをはじめとする香の物、それに、象山が好む豆菓子など、控えめなお通しをおたねが運ぶ。

「得意の語学を活かしておられるわけですね」

と、誠之助。

「外国奉行の屋敷に通って、機密文書の翻訳などもやってます。これはここだけの話で」

福沢諭吉は口の前に指を一本立てた。

攘夷に頭が凝り固まった者が暗殺を行うのは、昨今はもはや珍しいことではなかった。血の流れぬ月はないほどで、福沢の友人もいくたびか冷や汗をかいたようだ。

「うかつに書き物もできませんでなあ」

福沢諭吉は嘆きながらも子細を語った。

神奈川奉行所の組頭をつとめていた脇屋《わきや》卯三郎《うさぶろう》という人物が切腹を余儀なくされたという一件があった。親類に向けた文のなかで、「昨今は世情が物騒ゆえ、明君に出てもらいたい」という意味のことを記したところ、運悪く密偵に文を奪われて明るみに出てしまった。いまの将軍を貶《おとし》める由々しき罪だというわけだ。

「わたしは外交の機密文書の勘どころを訳して、その写しを人にやったことがあります。

脇屋氏に比べればはるかに重罪ゆえ、いつ災いが身に降りかかってくるかと首をすくめてますわ」

福沢諭吉はそう言って首をすくめた。

「で、実際はどういう作業をされているのです?」

一枚板の席から、夏目与一郎が声をかけた。

「差しさわりのない程度にお聞かせいただければと」

老いてなお向学心に富む志田玄斎が笑みを浮かべて言った。

「いま、もう、毎日毎晩、外国奉行の屋敷にこもって無い知恵を絞ってますわ。遠出をしたのは久々で」

福沢諭吉は言った。

今日は鉄砲洲《てっぽうず》の屋敷から駕籠で来たらしい。江戸兄弟が夢屋にいたらうるさいばかりだから、善造が持っている長屋で待機することになっている。

「英語を日本語に移し替える作業は骨が折れますからね」

誠之助が察して言う。

「そうですねん。ゆうべもコピーライトをどう訳したらええのか、ああでもない、こうでもないと夜通し思案して、やっと思いつきましたわ」

福沢諭吉はげんなりした表情で言った。

「どういう訳語にされたんです？」

誠之助が問う。

「版権」

短い答えがあったとき、おたねがお通し代わりの皿を運んでいった。

主賓はあくまでも象山だから、あまり重いものを先に出すわけにはいかないが、これなら大丈夫だろう。

じゃがたら芋をゆでてつぶし、ゆでた人参と甘藍をまぜ、塩胡椒と酢で味つけした料理だ。

「ほう、ホット・サラーダですな」

福沢諭吉は独特の巻き舌で言った。

「西洋にもございましょうか」

おたねがたずねた。

「似たような料理を食したことがありますわ。いやはや、江戸も大したもんや」

諸国を旅してきた男がうなずいた。

「いや、夢屋が偉いんですよ」

夏目与一郎が言った。

「そやけど、どこに攘夷の目ェがあるか分からへんさかい、気ィつけたほうがよろしいで」

おのれも危難に遭いかけたことがある福沢諭吉は、まじめな顔で忠告した。

その後もしばらく翻訳談義が続いた。夢屋に着いた当座は疲れの色も見えた福沢だが、しだいに舌の回りが良くなり、場を笑わせながらさまざまな例を語った。「蒸気船」では長すぎて書くのも面倒だから「汽船」という略し方を考えたという話などを興味深く聞いているうち、日ざしの色が少しずつ赤みを帯びてきた。

象山先生はまだかしら……。

おたねは折にふれて表に出て様子をうかがった。

そのいくたび目かに、息せき切って伊皿子坂を上ってくる男の姿が目にとまった。

武部新右衛門だ。

「武部さま」

おたねが手を振る。

武部も気づいた。

振り向いて、後方を手で示す。

坂の下手から、一挺の駕籠が悠然と上ってきた。

五

おたねは息を呑んだ。

面体を隠すためか、佐久間象山は赤紫の頭巾を着用していた。

それでも、射竦《いすく》めるような目はくっきりと見えた。いままで見たことがない、魔王のごときまなざしだ。

すっかり気圧《けお》されたおたねは、ひと言も発することができなかった。

「お待ちしておりました、象山先生」

代わりに出迎えた誠之助が言った。

「息災であったか」

象山はそう言うと、夢屋に入って頭巾を脱ぎ、供の者に渡した。

正面から両耳が見えない異貌があらわになる。

福沢諭吉が前へ進み出で、深々と腰を折る。

「中津《なかつ》藩士、福沢諭吉でございます。ただいまは外国奉行のもとにて、翻訳などに携わっております。本日は象山先生の謦咳に接し、わが蒙を啓《ひら》くべくまかりこしました。浅学でございますが、なにとぞよろしくお願い申し上げます」

福沢諭吉はかなり緊張の面持ちで言った。

「松代藩士、佐久間修理《しゅり》である」

象山の甲高《かんだか》い声が夢屋に響いた。

わらべの目には怖く映るのか、おかなも春吉もいまにも泣きだしそうだ。

「どうぞこちらへ」

誠之助が座敷を手で示した。

「うむ」

象山は座敷に上がると、当然のごとくに上座に座った。

羽織と袴《はかま》は紺の上田紬《うえだつむぎ》だ。丸に三つ引両、佐久間家の家紋が羽織に白く縫い取られている。

「御酒でよろしゅうございましょうか」

おたねは勇を鼓してたずねた。

「冷やでよい」

また甲高い声が返ってきた。

「先生からご教示いただいたポートーフーなど、さまざまな仕込みをしておりますので」

誠之助が笑顔で告げた。

「今夜は勝海舟先生のもとへお泊まりで？」

福沢諭吉がたずねた。

「いや、忍びゆえ、宿に」

象山は短く答えた。

「品川の旅籠を押さえてありますので」

案内してきた武部新右衛門が少し声を落として告げた。

初めのうちは、いかにもぎこちない雰囲気だったが、とにもかくにも酒と料理を出さなければならない。

おたねは厨と持ち帰り場を行ったり来たりしながら段取りを整えた。

「順がどうだったか、わからなくなってしまったよ、おたねさん」

おりきがおろおろしながら言った。

「落ち着いて。これからまだまだ長いから」

おたねは笑みを浮かべた。

ほかの面々の紹介が終わり、座敷に酒とお通しが運ばれた。例のホット・サラーダと、象山の好物の豆菓子だ。

持ち帰り場から串を揚げる音が響きはじめた。おりきの手も動く。まずは甘藍焼きうどんと観音汁だ。

象山と福沢諭吉は、時局についてやおら語りはじめた。

夢屋のいちばん長い日は、いよいよ佳境に入ろうとしていた。

六

「それにしても、横浜の鎖港を提案するとは、公儀の愚策もここに極まれり」

象山は苦々しそうに言うと、豆菓子をぼりっと噛んだ。

「列強は当然のごとくに拒絶しましたね」

福沢諭吉はそう言って、誠之助が注いだ猪口《ちょく》の酒をくいと呑み干した。

後年にはビールを好んだ福沢諭吉は、なかなかの酒好きだ。

「生麦に続いて井土ケ谷《いどがや》で事件が出来し、これでは補償金を取られるばかりと思うたのかもしれぬが、天下百年の計を思案せぬ愚の骨頂なり」

象山はそう斬って捨てた。

先月、横浜近郊の井土ヶ谷で、フランスの青年将校が血気にはやる攘夷の志士たちに殺害された。一人で馬に乗って出かけたカミュという将校もいささか軽率だったが、これでまた多額の補償金をふっかけられるのではないかというもっぱらのうわさだ。

「まさに、一蹴されてしかるべきかと」

福沢諭吉がうなずく。

「己《おのれ》が開港を提案した横浜をいまさら閉ずべしと主張する輩は、目に覆いが掛かっておるのだ」

象山の舌鋒は鋭かった。

己という自称はいささか奇矯だが、象山の風貌にはぴたりと嵌《は》まっている。

「神奈川湊を開港していたら、攘夷の浪人どもによる蛮行がもっと増えていたでしょうかな」

福沢諭吉が言う。

「然《しか》り。その恐れをも鑑《かんが》みて、己は街道筋からいくらか離れた横浜開港を主張したのだ。呵々《かか》」

象山が化鳥《けちょう》のごとき笑いを響かせたとき、料理ができあがった。

おたねとおよし、それに政太郎が心配で途中から夢屋に詰めている妹のおすみが運んでいく。

甘藍と茸の焼きうどん。横パン揚げを浮かべた観音汁。それに、海老や甘藷などの串揚げ。さらに、鶏の腿肉をこんがりと焼き上げてたれを塗ったもの。

夢屋が心をこめてつくったもてなしの料理だ。

「ほう、これはうまそうや」

福沢諭吉が真っ先に手を伸ばしたのは、鶏の腿肉焼きだった。

「福沢氏《うじ》は肉食を好まれるか」

象山が訊いた。

「はい。わが国は肉食を忌避し、五穀を喰らうばかりで、栄養が偏っております。列強に伍すためには、牛の乳やぼうとるなども含め、肉食の奨励が肝要かと」

福沢諭吉はすぐさま自説を述べた。

「己も養豚を奨励してきた。大いに同意見なり」

象山は一度見たら忘れられない笑みを浮かべた。

「うちでは観音汁と呼んでいるポートーフーは、鶏でだしを取っております」

誠之助が椀をすすめる。

「うむ。この浮かんでいる四角いものは何か」

象山は箸の先で示した。

「横浜のグッドマンという米国人のベーカリーから仕入れたパンでございます。船乗りが食す、日もちのする堅パンで」

誠之助が答えた。

「ふむ、パンには見えぬが」

箸でつまんだ象山は、ややいぶかしげな顔つきになった。

「賽の目に切って、揚げてみたのです」

おたねは勇を鼓して伝えた。

「なるほど、クールトンですな」

福沢諭吉が言った。

「クールトン？」

おたねはおうむ返しに訊いた。

初めて聞く名だ。

「パンの耳のところを細かく切り、ぼうとるで炒めてこんがりとした仕上がりにするんですわ。サラーダにたまに入ってたんで」

福沢諭吉はそう言うと、観音汁をさっそく啜った。

象山も続く。

「……美味である」

異貌の大才の口からそんな言葉がもれたから、おたねはほっとした。厨のおりきと顔を見合わせて笑みを浮かべる。

「クールトンもうまいな」

福沢諭吉も言った。

続いて、甘藍と茸の焼きうどんも賞味された。茸は三種、松茸としめじと平茸だ。

これもなかなかの好評だった。甘藍の育ての親の夏目与一郎は安堵《あんど》した様子で、甘藍の栽培の苦労話をひとしきり語った。

「西洋野菜の栽培も奨励せねばならぬ」

象山は言った。

「肉と野菜、両方を摂《と》るようにせねばなりませんな」

福沢諭吉も同意した。

海老の串が出た。

象山は辛だれかと思いきや、意外にも甘だれを選んだ。福沢諭吉は甘辛一本ずつだ。酒好きとあって、盃を重ねながら肴も平らげていく。

象山と福沢諭吉は和魂洋才で考えが一致し、どちらもむやみに学殖があるため談論風発はとどまるところを知らなかった。福沢の西洋見聞に象山が興味を示し、事細かな質問を発する。それに対して、博覧強記の福沢が身ぶり手ぶりをまじえて答える。速記を入れたいほどの熱のある会談になった。

だが、今日の象山はお忍びで来ている。赦免されて松代藩の禄を食《は》む身、幕命もなしにひそかに江戸へ赴《おもむ》いていたとなれば思わぬお咎《とが》めがあるやもしれぬ。そういう事情で、福沢諭吉にも夢屋での会見は内密にと伝えてあった。福沢は筆まめなたちだったが、約を守ってその日のことはいっさい何も記していない。

「ときに、クールトンのもとになったパンはまだ残っているのか」

次の料理の夢づつみを運んできたおたねに、象山はたずねた。

「はい、いくらかは残っております。お持ちいたしましょうか」

おたねは緊張の面持ちで答えた。

「うむ」

象山は短く答えた。

「ああ、これもうまい」

福沢諭吉が夢づつみを食すなり相好を崩した。

初めのころは顔に疲れが見えたが、すっかり血色が良くなってきた。

「これでございます」

青みがかった伊皿子焼の平皿に載せて、おたねは横パンを運んだ。

「なるほど、堅いな」

象山が長い指で弾き、ためつすがめつする。

「これを賽の目に切って揚げたわけですか」

福沢諭吉ものぞきこんだ。

「はい。切るのが大変だったようですが」

誠之助が答えた。

「この堅さなら、おろし金などを用い、さらに細かくすることもできよう」

象山が案を出した。

「もっと細かくするんでしょうか」

と、福沢。

「然り。さすれば、揚げ粉にも使用できよう」

象山はにやりと笑った。

「西洋には白牛酪を削る道具もあります。あれがあればいいんですがね」

福沢諭吉が身ぶりをまじえる。

白牛酪とはチーズのことだ。

「考案するという策もあるが、おおむねおろし金で代用できよう。この粉を衣に使えば、さぞや佳《よ》き食べ味になろうぞ、呵々」

夢屋にまた化鳥のごとき笑い声が響いた。

その一部始終を、おたねはしっかりと聞いていた。

「横浜の堅パンをおろして揚げ粉にするんですって」

持ち帰り場の太助に近づき、小声で告げる。

「衣にしちまうんですかい」

太助は驚いたように言った。

「あとで試してみるといいかも」

おたねは笑みを浮かべた。

茸の天麩羅を揚げていたおりきにも伝えた。

その後も平目と鯛の刺身の二色盛りなどを出している。象山はそうでもないが、福沢諭吉は健啖だから、空になる皿も多かった。

「どのおろし金が合うか、そのうち試してみようよ」

おりきが笑みを浮かべた。

「象山先生のご考案だから」

そう言ったとき、おたねの脳裏に料理の名がだしぬけに浮かんだ。

よこはま象山揚げ

横浜の堅パンを揚げ粉に用いた、佐久間象山先生考案の料理を約《つづ》めればそうなる。

その名はほどなく、おたねの頭の中で動かしがたく定まった。

七

その後も、両雄の談論風発は続いた。

江戸兄弟がしびれを切らして様子をうかがいに来たほどだが、まだ福沢諭吉が腰を上げる気配はなかった。

象山は品川の旅籠まで武部新右衛門が送り届ける。福沢と同じ上方訛りの男は前に出ないように控え、玄斎および夏目与一郎と小声で話をしていた。

「このたびのお忍びの旅は、今日の会談で終わりなのですか？」

玄斎が新右衛門にたずねた。

「いや、勝海舟先生などともお会いになる手はずになってるんですわ。ここだけの話ですけどな」

新右衛門は答えた。

「なるほど。幕府の要人とも密談を」

夏目与一郎がうなずく。

「胃の痛いことで」

お付き役の新右衛門は胃の腑に手をやった。

ほどなく、おかながおたねのもとへやってきた。どうやら眠くなってきたらしい。

「はいはい、なら、一緒に寝に行きましょう」

おたねは娘に向かって言った。

その声を耳ざとく聞きつけ、声をかけたのは、意外にも象山だった。

「いくつだ？」

おたねに向かって問う。

「は、はい、来年で四つになります」

おたねは緊張気味に答えた。

「そうか」

象山はこちらへよこせという身ぶりをした。

「先生にだっこしてもらいなさい」

誠之助が言う。

「こら、賢い子になりますで」

だいぶできあがってきた福沢諭吉が笑みを浮かべた。

異貌の男にだっこされても、おかなは泣きはしなかった。ただ、勝手が違うのか、目を見開いてきょとんとしている。

「名は?」

象山の声音がやわらかくなった。

「……かなちゃん」

わらべがそう答えたから、夢屋に笑いがわいた。

「『かな、と申します』だぞ」

誠之助が教える。

「かな、と申します」

おかなは父の言葉を復唱した。

「よく言えたな。利発そうな目だ。先々は何になりたいか」

象山がたずねた。

「大きくなったら何になりたいか、って、先生が問われてるの」

「先々」が分かりにくいかと思い、おたねは控えめに言い直した。

「んーと……」

おかなはわらべなりに思案してから答えた。

「お医者さま」

この答えは象山を喜ばせた。

「そうか。医術の道か」

おのれも医者である万能の天才が笑みを浮かべる。

「医者の孫でございますから」

玄斎がここぞとばかりに一枚板の席から声を発した。

おたねは感慨にふけっていた。

おゆめも同じことを言っていた。大きくなったらお医者さんになって、たくさんの人を助けると三つのわらべが言ったから、みな驚いたものだ。

そのおゆめと同じことを、おかながいま口にした。年が明ければ、おかなは数えで四つになる。死んだ姉の歳を越えることになる。

「励めよ」

象山はうって変わったあたたかいまなざしで言った。

「はい」

おかながこくりとうなずく。

「これで将来の女医さんやな」

福沢諭吉が笑みを浮かべた。

つられておかなも笑った。

「良かったわね」

戻ってきたおかなの頭を、おたねはなでてやった。

夢屋のいちばん長い日も終わりに近づいていた。

また西洋の話を始めた象山と福沢諭吉の声を聞きながら、おたねはおかなとともに寝所へ向かった。

第六章　夢の軽業《かるわざ》興行

一

「改元されたばかりの花見は、また格別だね」

花がいくらか盛りを過ぎた御殿山で、夏目与一郎が言った。

「たしかに、気も改まりますから」

誠之助がそう答え、お重に箸を伸ばした。

三月一日（旧暦）、幕府は文久から元治《げんじ》への改元を布告した。これで文久四年は元治元年（一八六四）となった。甲子《きのえね》の年には改元するという慣例に倣《なら》ったものとはいえ、気分は新たになる。

「お稲荷さんもたくさんつくったからね」

おたねがおかなにお重を示した。

「うん」

おかながさっそく手を伸ばす。

今日の夢屋は休みにして、みなで花見に出かけてきた。

朝からわいわい言いながらお重をつくり、見世を訪れた常連もまじえて御殿山まで足を延ばしてきた。

おたねと誠之助とおかな、おりきと太助とおよしと春吉、政太郎とおすみ。常連からは夏目与一郎と平田平助が来た。

いくらか離れたところでは、明珍をはじめとする伊皿子焼の陶工衆が花見をしていた。そちらの花見弁当も頼まれていたから、朝から目が回るほど忙しかった。

「今年は、目移りするね、どれを食べるか」

枝ぶりのいい桜の下から、明珍の声が響いてきた。

柳色の道服と花がいい按配に響き合っている。

「自慢の串がかすんじまうくらいだから」

太助が言う。

「なんの、串もうめえぜ」

「花見をしながら食う海老の串はまた格別だからよ」

「酒もうめえ」

陶工衆の一人が青い釉薬《ゆうやく》のかかった大徳利《おおとつくり》をかざした。

「でも、蒸し竹玉子があっと言う間になくなったわね」

おたねがお重を指さした。

「あんなに手間をかけてつくったのにねえ」

おりきが苦笑いを浮かべる。

「おかなちゃんがまだ食べてるから」

夏目与一郎が指さした。

「ゆっくりでいいからね」

おたねが笑みを浮かべる。

こくりとうなずくと、おかなは蒸し竹玉子を嚙んだ。

ちょうどいい太さの筍《たけのこ》の皮をむいてゆでる。半刻《はんとき》（約一時間）ほどゆでてあくを抜いたら、冷ましてから小刀で中をくりぬいていく。

そこへ味つけをした溶き玉子を流し入れ、竹の皮と紐で口をしっかりと閉じる。

支度ができたら、筍を立てて深めの蒸し器に入れ、玉子が固まるまでじっくりと蒸す。

蒸しあがったものを切ってやれば、切り口が満月のようにきれいになる。仕上げにだしをかけ、ゆでた千切り人参と木の芽を添えれば、彩りも鮮やかだ。

歯ごたえのある筍と、やわらかい玉子。噛み味の違いも楽しめる。白金村から届いた二つの恵みを知恵で合わせた、夢屋ならではの料理だ。

「象山揚げも、もう少し食べたかったね」

夏目与一郎が言った。

象山が提案したとおり、横浜の堅パンの残りをおろし金で削り、揚げ粉にしてみた。おたねが命名した「よこはま象山揚げ」はなかなかの好評だった。従来の揚げ粉より、噛み味がいい。

「甘藷の象山揚げは、さくっとしてましたからなあ」

平田平助が笑みを浮かべる。

まだ水は冷たかろうに、昨日は花見がてら品川の海を泳いできたそうだ。

「横浜の堅パンを調達しなければ、揚げ粉にできませんからね」

誠之助がそう言って、ちらし寿司を口中に投じた。

山菜と筍に、海老と錦糸玉子と椎茸。これも彩りが華やかだ。

「また横浜へまいりますか？　次はわたしも行きたいです」

政太郎が乗り気で言った。

「そうだな。パンの調達がてら、機を見て行くことにしよう」

誠之助が乗り気で言った。

「かなちゃんも、行く」

蒸し竹玉子をやっと食べ終えたおかながそう言ったから、花見の場に笑いがわいた。

「また行くの？」

おたねが問う。

「横浜、好き」

おかなはきっぱりと言った。

「どういうところが好きなんだい？」

太助がたずねた。

「建物がいっぱいあって、お見世があって、お船が浮かんでて、異人さんがたくさん歩いてるから」

おかなは瞳を輝かせながら大きな声で答えた。

「そりゃ、ここいらじゃ無理だな」

「漁師の舟なら浮いてるけどよ」

「異人さんは歩いちゃいねえや」

耳にした陶工衆がさえずる。

「みんなおかなちゃんみたいだったら、世の中は丸く収まるかもしれないねえ」

元与力の狂歌師が言った。

「いまさら横浜を鎖港する交渉をするために、西洋へ使節を送ったそうですからなあ」

平田平助がそう言って、はんぺんの串をほおばった。

「そりゃあ、覆水、盆に返らず、ね」

明珍が大仰な身ぶりをまじえて言う。

「象山先生の文では一刀両断でした。わざわざ恥をかきに行くようなものだと」

誠之助が告げた。

昨年の暮れ、横浜鎖港を談判するための使節が西洋へ出航した。大方の予想どおり、交渉は不首尾に終わり、この年の五月にはパリで不利益な約定を結ばされる結果となった。下関海峡の通航や薩英戦争の補償金の支払いなど、列強に圧《お》されるがままに受諾したのだから、何をしに行ったのか分からない。七月に戻ってきた使節を幕府は叱責し、約定をただちに破棄した。

「で、象山先生のほうの動きは？」

夏目与一郎がたずねた。

「遅かれ早かれ、何か動きがあるでしょう。あれだけの異才をほうっておく手はないでしょうから」

誠之助が答えた。

「象山先生に頭をなでてもらったから、何でもできるようになるよ、かなちゃん」

おたねが娘に言った。

「うん」

おかながうなずく。

「そのうち『己が』とか言いだしたら、ひっくり返るぜ」

太助が象山の声色《こわいろ》をまじえて言ったから、花見の場にどっと笑いがわいた。

二

象山の動きが夢屋に伝えられたのは、三月の二十日のことだった。

伝えたのは、武部新右衛門だった。松代からの旅装を解いたその足で夢屋ののれんをくぐり、仔細を伝えてくれた。

ちょうど寺子屋が終わる時分だった。白胡麻をたっぷり振った甘藍焼き飯のまかないを食すのもそこそこに、誠之助と政太郎は座敷で話を聞くことになった。

「そら、もう、門人も係累も、みんなでお止めしたんですけどなあ。象山先生は聞く耳を持たれません」

新右衛門はそう言って、苦そうに猪口の酒を干した。

三月七日、幕府から象山に向けて、御用によって上洛するようにという命が下った。松代藩庁を通じての命だから、幕命であり、藩命でもある。

当時、京には十四代将軍家茂《いえもち》が滞在していた。また、将軍の後見職だった一橋慶喜《ひとつばしよしのぶ》(のちの徳川慶喜)が禁裡《きんり》御守衛総督兼摂海防禦《ぼうぎょ》指揮の要職に就いていた。象山の上洛の命は、どうやらそのあたりから発せられたらしい。

「象山先生にとってみれば、一度は沙汰止みになった上洛だからな。『いよいよ己の出番が来たか』と満を持して腰を上げられたのだろう」

師の心持ちを忖度《そんたく》して、誠之助は言った。

「さりながら、京は攘夷の志士の巣窟と聞いていています」

政太郎が案じ顔で言った。

「たしかに、そうやねん」

新右衛門は甘藍の酢漬けを苦そうに噛んだ。

「気勢を上げるばかりか、要人の襲撃や暗殺がごく普通に行われているからな」

と、誠之助。

「そりゃあ、火事場へ蓑《みの》を着て突っこんでいくようなもんだな」

一枚板の席から、隠居の善兵衛が言った。

今日はせがれの善造と一緒に来ている。駕籠の弟子筋の江戸兄弟も長運びを終えて足湯を使っていた。

「ことに、象山先生は目立つ風貌で、馬には派手な洋鞍を載せ、赤いひざ掛けを使ったりしてるんでなあ」

新右衛門は困り顔になった。

「なら、覆面をしたらどうです？」

太助が持ち帰り場から言った。

「紫とか銀とか、派手な色の覆面を使ってかえって目立つかもしれない」

誠之助が腕組みをする。

「駕籠を一挺雇ったらどうですかい」

江助が案を出した。

「そうそう。掛け声を出して」

「象、山、象、山、ってか？」

「それじゃ丸わかりか」

江戸兄弟が掛け合う。

「おめえらは黙ってな」

善兵衛があきれたように言う。

「大事な話をされてるんだからよ」

善造もたしなめる。

「へい」

「すまんこって」

江戸兄弟はそう言うと、思い思いに足を拭きはじめた。

「とにかく、ここにはお忍びで見えたが、先生は逃げたり隠れたりするのがお嫌いなたちだからな」

誠之助が話を元に戻した。

案じ顔で聞いていたおたねがうなずく。

「で、先生はいつ松代を発《た》たれるのでしょう」

政太郎がたずねた。

「いまごろはもう京へ向かわれているだろう。支度が整ったのを見てから、江戸へ出てきたんで」

新右衛門は答えた。

「総勢はどれくらいで？」

今度は誠之助が問うた。

「十五、六人やと思います。息子の恪二郎《かくじろう》さんも一緒で。都路《みやこじ》っていう名の馬に乗って行くそうですわ」

と、新右衛門。

「長年雌伏されてきた先生にとってみれば、やっと巡ってきた晴れ舞台だからな。いくら周りが止めても無駄だろう」

誠之助がそう言ってうなずいた。

ここで筍のけんちん蒸しができあがった。おたねとともに、おかなもそろそろと盆を運ぶ。

「気をつけな」

「ゆっくりでいいからな」

一枚板の席から声が飛んだ。

「おう、これは凝った料理が出ましたな」

新右衛門が表情を崩した。

「筍をくりぬくのが楽しくなってきたもんで」

厨からおりきが言った。

「中に何を詰めるか、おりきさんと相談しながらつくってるんですよ」

おたねが笑みを浮かべる。

今日詰めたのは、溶き玉子に崩した木綿豆腐、それに、みじん切りにした人参と木耳《きくらげ》と青菜だ。菜箸で筍の奥まで具を詰めて蒸しあげ、切ってからくず餡《あん》をかける。

豆腐にさまざまなものをまぜたけんちん地を使った料理にけんちんの名がつく。湯葉で巻いて揚げたものが本筋らしいが、それはまだ試したことがなかった。

「これは上品な味ですなあ」

新右衛門が感に堪えたように言った。

「丸いから、江戸の町みてえだぜ」

善兵衛が言う。

「それを言うなら、京《きょう》のほうでしょう、おとっつぁん」

善造がまぜ返す。

「どっちでもいいやい」

善兵衛が渋く笑った。

おたねはふとけんちん蒸しの切り口を見た。

たしかに、丸い町のように見える。ことに、赤い人参が鮮やかだ。

そのたたずまいに、夢屋を訪れてくれたときの象山の顔がふと重なった。

三

それから幾日か経った七つごろ、雛屋の佐市と杉田蘭丸が連れ立ってのれんをくぐってきた。

「いらっしゃいまし。横浜からですか？」

おたねがたずねた。

「ええ。今日はご案内を持ってきたんです」

雛屋のあるじが笑みを浮かべて、引札《ひきふだ》めいたものを取り出した。

おたねは思わず瞬きをした。

並んで走る馬の上に、洋装の男女が乗っている。それだけでも驚きだが、男女が持つ棒の上で、さらにもう一人逆立ちをしているから肝をつぶした。

「蘭ちゃんが描いたのかい？」

太助が覗《のぞ》きこんで問う。

「いや、異人の絵描きだよ」

蘭丸は答えた。

「これは横浜の居留地で始まる軽業《かるわざ》興行の引札でして」

佐市が種を明かした。

「へえ、横浜の」

「楽しそう」

春吉が瞳を輝かせた。

おかなもとことこ歩いてきて引札を手に取る。

「もうやってるの？」

物おじせず、佐市に問う。

「今月の終わりごろから五月まで、わりかた長くやってるよ。もしまた横浜へ行くのなら、ついでに見物すればどうかと思ってね」

雛屋のあるじが笑みを浮かべた。

「ちょっと見せてもらえるかな」

誠之助がまかないを食べる手を止めて言った。

「どうぞどうぞ」

佐市が愛想よく言った。

「玉子まぜ焼き飯、まだできますけど、いかがです？」

おたねが横浜から戻ってきた二人に水を向けた。

「ああ、では、頂戴しましょう」

「そういう頃合いじゃないかと話をしていたんです」

佐市と蘭丸は笑みを浮かべて座敷に上がった。

「これはずいぶんと大がかりな見世物興行のようだね」

誠之助が弟子の政太郎に引札を見せる。

「馬を馴《な》らすだけでも大変そうです」

政太郎が早足で歩く馬の図を指さした。

「わたしゃ、引札を見てるだけで心の臓がおかしくなっちまうよ」

おりきが胸を押さえたので、夢屋に笑いがわいた。

「ちょうど横浜には堅パンの仕入れで行かなければと思っていたところだ。またおかなをつれて行ってみるか」

誠之助がおたねに問うた。

「かなちゃんはどう？　お父さまがまた横浜へ行くっておっしゃってるけれど」

おたねはおかなにたずねた。

「行く」

元気のいい手が挙がった。

しかも、それだけではなかった。

「おいらも行く」

春吉まで手を挙げた。

「お、おめえも行くのかい」

太助が目を瞠《みは》った。

「太助ちゃんも来るといいよ」

蘭丸が座敷から言った。

「えー、横浜だぜ」

「異人さんがいっぱいいるとこへ行くの？」

およしは尻込みをした。

「先生が引率して行こうか。寺子屋は休みにするから、政太郎先生も行くぞ」

誠之助が言った。

「わたしも二度目で勝手が分かってるので」

おたねがおよしに言った。

「どうしよう、おまえさん」

およしは困り顔で太助を見た。

「おいらは、異人みてえな象山先生でも足がすくんじまうからなあ。春吉、おめえは平気なのか？」

せがれに問う。

「きっと平気」

わらべは軽く答えた。

「わたしもそれに合わせて横浜へ帰りますから」

蘭丸が笑みを浮かべて、まかない飯の続きを口に運んだ。

飯を包むほどの玉子が入らなかったから、溶き玉子に味つけして平たい鍋でわっと炒め、半生で取り出し、焼き飯の具に使うことにした。小口切りの唐辛子を入れて辛めの焼き飯にしたところ、玉子の甘みと響き合ってなかなか乙な味になった。

「だったら、駕籠二挺でいけそうだな」

誠之助が乗り気で言った。

「わたしとかなちゃん、それに、春ちゃんの分ね」

おたねが段取りを思案して言う。

「ちゃんと帰ってくるか心配だがよう」

太助が首をひねった。

「だったら、行っておやりよ、太助」

おりきがあおる。

ここで、夏目与一郎と平田平助が入ってきた。まだ水は冷たかろうに、芝の海でひとしきり泳いできたらしい。

「あたたかい観音汁、できますよ」

おたねがそれと察して言った。

「おお、それはありがたい」

夏目与一郎が笑みを浮かべた。

「頼もうと思ってたところで。それに、熱燗《あつかん》を。さすがに海は冷たかった」

気のいい武家も和す。

それから、横浜へ軽業の興行を見物がてらみなで行こうという話をしていたと伝えた。

「太助だけが尻込みしてるんですよ、四目先生」

おりきが言った。

「おのれのことを棚に上げちゃいけねえぜ、おっかさん」

太助が言い返す。

「わたしゃ、ここの厨を守らないといけないんで」

おりきは動じない。

「わたしもお手伝いを」

と、およし。

「あとはおすみちゃんに昼から先も詰めてもらったら、のれんは出せそうだね」

おりきが見通しを示した。

「あとは太助ちゃんの踏ん切り次第だよ」

蘭丸が言った。

「象山先生みたいな異人がうようよいるんだろう？」

太助はまだ及び腰だ。

「先生のように眼光の鋭い人ばかりじゃないさ。異人さんだって、やさしい目つきの人はたくさんいる」

誠之助が言った。

「象山先生だって、この子に『励めよ』とおっしゃってくれたときのまなざしはやさしかったし」

おたねが思い返して言った。

「パンの運び役がいたら、それだけたくさん運べるんだがな」

誠之助が搦《から》め手からも攻めた。

「うう、分かりましたよ。なら、運び役と守り役で」

太助はしぶしぶ同行を認めた。

「だったら、さっそく明日から支度にかからないと」

おたねは二の腕をぽんとたたいた。

四

「ああ、疲れた」

横浜の港屋の座敷に通されるなり、太助が畳の上で大の字になった。

「大丈夫？　おとう」

春吉が気遣う。

「春ちゃんのほうがずっと元気ね」

おたねが笑った。

夢屋の一行は滞りなく旅を終え、なじみになった旅籠に着いた。内湯もあるが、まずは夕餉を待つことにした。

「明日の軽業興行が楽しみだね」

出見世のあるじをつとめる坂井聡樹が笑みを浮かべた。

聡樹も興行が気になっていたらしく、誘ったら二つ返事だった。

「お馬さんの上で異人さんが逆立ちするの」

おかながが妙な手つきをした。

「それだけじゃないみたいだぞ。芸はずいぶんありそうだ」

誠之助が言う。

「何よりの江戸土産になります」

政太郎が白い歯を見せる。

「横浜ではその話題で持ちきりですから」

蘭丸も笑みを浮かべた。

夕餉を食べたら、おのれの住まいへ戻ることになっている。富士の絵などが人気を博しているから、画室を兼ねたなかなかの構えらしい。

「ほら、太助ちゃん、夕餉が来たよ」

蘭丸が声をかけた。

「はいよ」

寝ていた太助が身を起こした。

ほどなく、あるじとおかみが手分けして夕餉を運んできた。

「またのお運びでありがたく存じます」

「ごはんのお代わりはございますので」

「ぼうとる焼きもお申し付けくださいまし」

膳を置きながら、にこやかに言う。

「へえ、これがぼうとる焼きか」

太助がのぞきこんだ。

「かなちゃんは苦手だったわね」

おたねが言った。

「うん。口に合わないの」

四つのわらべが妙に大人びた口調で言ったから、場に笑いがわいた。

「だったら、春ちゃんに」

おたねは春吉の皿にぼうとる焼きを加えた。

「では、ごゆっくり」

「内湯もわいておりますので」

港屋の二人はにこやかに下がっていった。

「さあ、食うか」

まず太助が言った。

「やっと顔色が良くなってきたね」

蘭丸が言う。

「異人さんが前に現れるたびにふるえあがってたら、そりゃ疲れるわよ」

半ばあきれたようにおたねが言った。

「明日も異人だらけだぞ」

誠之助がおどすように言った。

「いや、横浜だからしょうがねえんで……これがぼうとる焼きか」

太助は丸いものをつまんだ。

「食ってみようっと」

春吉が先に口に入れた。

「どう？」

おかなが訊く。

「ちょっと変な味がするけど……まあおいしい」

春吉は少しあいまいな表情で答えた。

「食ってみるか」

太助が恐る恐る口に入れた。

「何で焼いてるか教えようか」

誠之助が含み笑いをした。

「ちょいと生臭いけど、こりゃ何です？」

胃の腑に落としてから、太助が問う。

「牛の脂だよ」

「う、うし……」

太助は何とも言えない顔つきになった。

夕餉の終わりがたに、廊下で足音が響いた。

ちょうどようございましたねえ、と話すおかみの声が聞こえた。

もしや、と思ったら、案の定だった。

大きな風呂敷包みを背負って姿を現したのは、パン職人の桂三郎だった。

「ごぶさたしておりました」

少し見ないうちに面構えがたくましくなってきた若者が言った。

「ちょうど明日にでも寄ろうと思っていたんだ」

誠之助がそう言って湯呑みに手を伸ばした。

「堅パンをたくさん買わせていただこうと思って」

おたねが笑みを浮かべる。

「運び役も来てるんで」

太助が神輿《みこし》をかつぐような恰好をした。

「あれからうちの見世で新たな料理を出すようになったんですよ。桂三郎さんのお見世の堅パンをこうやって削って」

おたねが身ぶりをまじえる。

「削るんですか？」

桂三郎の顔に驚きの色が浮かんだ。

「わが師佐久間象山先生が考案された象山揚げに使う。横浜の堅パンはちょうどいい揚げ粉になるんだよ」

誠之助が答えた。

「わたしも出見世でやってみますよ」

聡樹が白い歯を見せた。

「なるほど。堅パンは日もちがしますからね」

桂三郎がうなずいた。

「もっと長く日もちさせるいいやり方はある？　長ければ長いほどいいんだけど」

おたねが身を乗り出した。

「ございます」

桂三郎はすぐさま答えた。

「袋へ入れて、紐で口をぎゅっと縛ってやると、外の気に当たりませんので、日もちが違ってきます。船乗りさん用の堅パンならなおさらです」

「なら、そうやって江戸へ持ち帰りましょうよ、おまえさま」

おたねは誠之助に言った。

「そうだな。パンは岩みたいに重くないから」

誠之助が言う。

「おいら、そのために来てるんで」

と、太助。

「気張ってね、おとう」

春吉が笑顔で言ったから、横浜の旅籠の座敷に和気が満ちた。

五

翌日――。

夢屋の一行は、杉田蘭丸の案内で軽業《かるわざ》興行を観にいった。

中天竺《ちゅうてんじく》舶来軽業興行と銘打たれた大がかりな興行で、五百人くらい入る天幕が設《しつら》えられていた。

リズリー・サーカスとも呼ばれる。米国人リチャード・R・リズリー・カーライルがロンドンで結成した一座で、アジアとオセアニアを股にかけた軽業興行で人気を博していた。

横浜へやってきたのは鍛え抜かれた十人の団員と八頭の馬だった。本邦におけるサーカス興行は、このリズリー一座をもって嚆矢《こうし》とする。

「そろそろ始まるよ、かなちゃん」

おたねは娘のほうを見た。

「うん、楽しみ」

おかなの瞳が輝く。

「楽しみだね」

春吉も興奮気味だ。

「ここに座ったら、やっと肝も据わってきたな」

父の太助が言う。

「ここへ来るまでは腰が引けてたからね、太助ちゃん」

蘭丸がおかしそうに言った。

太助にとってみれば、見るもの聞くものが驚きの連続だ。向こうから馬車がやってきたり、洋装の異人がつれだって歩いてきたりするたびに妙な中腰になって立ち止まったりするから、ここまで来るのにだいぶ時がかかってしまった。

誠之助と政太郎と聡樹はうしろの席に陣取っていた。聡樹の隣の婦人が物おじせずに何やら話しかけてくる。字引を編んだ聡樹は、好機とばかりにひとしきり会話を楽しんでいた。そんな兄弟子の様子を政太郎が尊敬のまなざしで見る。誠之助も口をはさんだが、やはり活きた会話を日々こなしている聡樹にはかなわなかった。

そうこうしているうちに、団長とおぼしい人物が中央の舞台に悠然と姿を現した。白い洋装に銀色のとんがり帽子をかぶり、金色の杖《こんじき》を持っている。

天幕に詰めかけた異人たちが団長に向かっていっせいに手を打ち鳴らしたので、おたねは肝をつぶした。日の本にはそんな習慣はない。せいぜいひざを手でたたいたりするくらいだ。

「こうやるんだ」

誠之助がうしろで手本を示した。

「こう？」

おかながかわいい手を打ち合わせる。

「そうだ。上手だな」

父がほめたとき、拍手がやんだ。

「レディース・アンド・ジェントルメン」

団長が口上を述べる。

むろん、おたねにはひと言も分からなかったが、これからご披露する軽業興行をどうぞお楽しみくださいというあいさつだろう。

天幕にまた拍手が鳴り響くと、舞台の袖のほうに陣取った楽団が音を奏ではじめた。縦笛と横笛に、妙な琵琶みたいな楽器。色とりどりの衣装をまとった男女が奏でる音楽は、いままで一度も耳にしたことがない面妖なものだった。

「あっ、馬だ」

春吉が声をあげた。

金彩を施した緑の鞍を置いた二頭の馬に、男と娘が乗っている。

「わあ」

おかなが目を瞠った。

始めは並足だった二頭の馬が早足になり、ぐるぐる回りはじめた。男女が手をつなぎ、高まる楽《がく》の音《ね》に合わせて回る。

それだけではない。掛け声に合わせてひざを曲げ、踊るようなしぐさをしたから、会場は喝采に包まれた。

「また出てきたよ」

おかなに向かって、おたねは小声で言った。

さらに心弾む芸をひとしきり見せてから男女が退場したかと思うと、今度は三人の男が馬に乗って現れた。赤、青、黄色の派手な衣装に、羽根飾りのついた帽子をかぶっている。ひとしきり並んで回ったあと、三人の男は馬の上に立ち上がった。

「よせ、落ちるぜ」

太助が思わず口走る。

だが、こんなものはまだ序の口だった。

両端の男が馬を御しながら棒を水平に構える。

「ヤー」

掛け声をかけるなり、真ん中の馬に乗っていた男が棒に手をかけ、やにわに逆立ちを披露した。

「うわっ」

と言ったきり、太助は口をぽかんと開けた。

「凄いね」

蘭丸がうなる。

春吉とおかな、それにおたねも目を丸くして見守るばかりだった。

その後も瞠目《どうもく》すべき芸が続いた。

紅白のだんだら縞の大きな毬《まり》に二人の男が跳び乗り、巧みに足を動かしながら回る。手にした短剣を宙に放り上げては受け取り、互いにやり取りをする。きらめく短剣が虚空で行き交うさまに観客は息を呑んだ。

さらに、毬の上で息を合わせて宙返りをし、また毬の上に立つ。そのたびに、銅鑼《どら》のような音が響く。おたねはいくたびも胸に手をやった。

現在の平均台のような出し物もあった。その上で宙返りをしたり、輪を投げ上げて受け取ったりする。演じるのはすらっとした体つきの娘たちだ。

美と驚き。二つを兼ね備えた芸の数々に、おたねは覚えたての拍手で応えた。

「手が痛くなってきた」

おかなが無邪気に言う。

「じゃあ、そっとでいいわよ」

おたねは笑顔で答えた。

そのとき、また団長が舞台に姿を現した。

「レディース・アンド・ジェントルメン」

よく通る声を響かせる。

「これからとっておきの芸をご披露いたします」

うしろの席で、聡樹が通訳を始めた。

「あれをごらんください」

団長が天幕の上のほうを指さした。

梁《はり》に縄梯子《なわばしご》のようなものが二つくくりつけられていたから気になっていたのだが、どうやらこれからそれを使った目玉の芸が始まるようだ。

「万一に備えて、下に網を張ります」

団長の言葉から少し遅れて、聡樹の声が響く。

団員がわらわらと現れ、頑丈そうな網を張って待ち構える。準備は整った。

楽の音がいちだんと高まるなか、軽業師が高いところに現れた。

空中ブランコにひょいと摑まり、笑みを浮かべながら揺する。

片手を放したり、足を引っかけて逆さ吊りになったり、息を吞むような芸が続いた。

そのうち、軽業師がもう一人現れた。金と銀、二つの衣装が光を受けて輝く。

揺れ幅がひときわ大きくなった。音楽も高まる。

二人の軽業師が手を放した。

「あっ」

おたねは思わず声をあげた。

だが……。

金と銀が虚空で行き交ったかと思うと、二人の軽業師は何事もなかったかのように違う空中ブランコに飛び移った。

拍手がわく。

「すごい、すごい」

おかなが懸命に手をたたいた。

再び虚空で金と銀がすれ違った。

さらに、だんだんに揺れ幅を狭め、止まったかと思うと、二人の軽業師はゆるゆると逆立ちをした。

顔だけ上げ、笑みを浮かべる。

また響いた拍手は、だしぬけに悲鳴に変わった。

軽業師たちが落下したのだ。

しかし、それも芸のうちだった。

虚空で一回転した金と銀の軽業師は、仲間が張った網の上に過《あやま》たず下り立った。

ここから幕切れまでは怒濤《どとう》の盛り上がりだった。

馬が次々に現れる。

天幕の中をぐるぐると駆け巡る。

最後には人と馬が一列に並んだ。

「ハイホー!」

団長の掛け声に合わせ、馬と人が脚を振り上げる。

笑顔で手を振りながら最後の団員が消えるまで、おたねは手をたたきつづけた。

六

「まだ夢を見てるみたい」

桂三郎がつとめているパン屋へ向かう途中、おたねが誠之助に言った。

「思ったより大がかりだったね」

誠之助もやや上気した顔で言う。

「来てよかった、お父さま」

おかなの笑顔がはじける。

その顔を見たとき、さきほど見た軽業師たちの芸が脳裏に鮮やかによみがえってきた。

金と銀の衣装をまとった軽業師が宙に舞う。その夢のような光景を、天のどこからかおゆめも観ているような気がした。

おゆめがいたら、いまのおかなと同じように大喜びをしただろう。

そう思うと、宴《うたげ》のあとの寂しさめいたものがふとこみあげてきた。

おたねは軽く首を振った。

うしろを見てはいけない。前を見て歩かなければ。

おたねは改めてそう思った。

「いやあ、一生分の肝をつぶしたぜ」

太助の声がうしろで響く。

「おいらも軽業師になりてえな、おとう」

春吉が突拍子もないことを言いだした。

「無理だよ、春ちゃん。ちっちゃいころから厳しい修業をしないと」

政太郎が諭すように言う。

「ばあばが心配で病になっちまうよ」

太助もそう言ったから、春吉の思いつきはそれきりになった。

そうこうしているうちに、グッドマンのパン屋に着いた。

聡樹がすらすらと英語を並べ、桂三郎に会いにきた旨を告げた。焼きたてのパンのいい香りをかぎながら、一行は青年が出てくるのを待った。

「お待たせいたしました」

ややあって、桂三郎が手を拭きながら出てきた。

「堅パンをいただきにみなで来ました」

おたねが笑みを浮かべた。

「ありがたく存じます。なるたけ袋に詰めておいたので、日もちはすると思います」

桂三郎は白い歯を見せた。

「それはありがたい。では、江戸へ運べるだけ運んで、象山揚げの材料にしよう」

誠之助が言った。

「クールトンにもできるし、ほかのお料理も思いつくかもしれないから」

おたねも和す。

「では、ちょいと手を貸してくださいまし」

桂三郎が言った。

見世に異人の姿が見えて太助が尻込みをしたので、聡樹と政太郎と蘭丸が手助けに入った。

嚢は港屋に置いてきたから、桂三郎が荷車に積んで運ぶという段取りだ。

「どうだった？　軽業は」

桂三郎はわらべたちにたずねた。

「すごかったよ。あんなの初めて見た」

春吉が勢いこんで答える。

「夢みたいだった」

おかなが言った。

「そうか、よかったね」

若きパンづくりは笑顔で頭をなでてやった。

ほどなく、奥から袋に入った堅パンが運ばれてきた。どの袋も紐でしっかりと口を閉じてある。

「荷車引きはおいらがやりますんで」

太助が急に元気になって二の腕をたたいた。

「いや、前から馬車が来るかもしれませんから、わたしが引きます」

と、桂三郎。

「お見世のほうはいいの？」

おたねがたずねた。

「ええ。運んで来いと言われました」

桂三郎は笑みを浮かべた。

「なら、押し役で」

太助が言う。

「旅籠で嚢に詰めたら、あとは夢屋へ運ぶだけだな」

誠之助が荷車を手で示した。

政太郎と蘭丸と聡樹、三人がかりでやったらたちどころに積み終えた。

おたねは瞬きをした。

突拍子もない場面が心に浮かんだ。

うずたかく積まれた堅パンの上で、笑顔で軽業を披露している者がいる。

それは、天から舞い下りてきたおゆめだった。

第七章　象山暗殺

一

旅装を解くなり、誠之助と武部新右衛門は夢屋の一枚板の席に座った。

横浜で軽業興行を観てから二月あまり経った、六月の暑い日のことだ。

「京の様子はどうだったかい？」

先に陣取っていた夏目与一郎が、待ちきれないとばかりにたずねた。

「うーん、そうですね……」

誠之助はあいまいな返事をした。

「まあ、とりあえず腹が減ったんで」

新右衛門が言った。

「炊き込みご飯と奴蕎麦《やっこそば》なら、すぐお出しできますよ」

おりきが言う。

「今日は串もだいぶ余ってるんで」

持ち帰り場から太助の声も響いた。

「ああ、なら、それで」

誠之助が軽く右手を挙げた。

「どっちもうまそうや」

新右衛門が笑みを浮かべる。

新生姜と枝豆を具にあしらったさわやかな炊き込みご飯と、蕎麦に小ぶりの冷奴と薬味をのせ、つゆをかけて豆腐を崩しながら食す奴蕎麦。暑くなったいまごろの時分にはぴったりの料理で、中食でも好評だった。

茶はおかなが運んでいった。

「『お父さま、お役目お疲れさま』って」

盆を持つ娘に、おたねが告げる。

「お父さま、お役目お疲れさま」

おかながおうむ返しに言って湯呑みを渡したから、夢屋に和気が満ちた。

「ありがとうな」

誠之助が笑って受け取る。

「武部さまも」

同門の武家にも渡す。

「偉いのう」

新右衛門も白い歯を見せた。

「で、何の役目だったんですかい？」

「差しさわりのねえところまででかまいませんので」

座敷で呑んでいた於六屋の職人衆が声をかけた。

「京の情勢が風雲急を告げていたゆえ、わが師象山先生のもとへ赴《おもむ》いたのだが……」

誠之助はいま一つ煮えきらない口調で答えた。

「先生はなにぶん頑固な性分で。身の危険が迫ってるさかい、逃げたほうがええって意見しても、そらもう頑として聞き入れてくれまへんのや」

新右衛門はそう嘆いて、苦そうに茶を啜った。

「尊王攘夷の志士は凶暴だからね」

元与力の狂歌師が言った。

「京で出がけに物騒な事件が起きたばかりなんですわ」

新右衛門が湯呑みを置いた。

ほどなく出された料理に舌鼓を打ちながら、京から帰ってきた二人はかいつまんで情勢を伝えた。

六月の五日、京の三条《さんじょう》木屋《きや》町の旅籠池田屋《いけだや》に尊王攘夷派の志士たちが集結していた。近藤《こんどう》勇《いさみ》を隊長とする新撰組に仲間が捕らえられたため、その善後策を協議するためだ。

しかし、これが新撰組の知るところとなった。京の治安維持のために活動していた血気にはやる新撰組は、七人の志士を殺害し、二十三人を捕らえた。世に言う池田屋騒動である。

「ちょうど象山先生が京で闊歩《かっぽ》しておられたから、先生が裏で糸を引いているのではないかと攘夷の志士からあらぬ疑いをかけられやすまいかと、帰りの道中でも案じていたところなんだ」

誠之助は言った。

「ほんまになあ。頭巾をかぶってくれとは言わへんけど、もうちょっと目立たんようにでけへんもんかと」

新右衛門はそう言うと、辛だれをつけた海老の串を口に運んだ。

「目立った恰好をしているのかい」

夏目与一郎が問う。

「ひときわ目立つ立派な白馬に西洋の拵《こしら》えの鞍を置いて、紋付の羽織で乗っておられるもので」

誠之助が答える。

「まあ、それは……」

おたねは眉をひそめた。

事あれかしと手ぐすねを引いている攘夷の志士たちが跳梁《ちょうりょう》する京を、そんなりで出歩くのは挑発するようなものだ。

「ただ、象山先生も、もともとは尊王攘夷派だったんだろう？」

元与力の狂歌師が問う。

「ええ」

炊き込みご飯を胃の腑に落としてから、誠之助は続けた。

「ただし、西洋の力があまりにも強大であると悟るや考えを改め、まず西洋に学んで良いものを進んで取り入れて国力を高め、やがては列強に伍し、さらにはそれに打ち克《か》つ力を養うべしという広い視野に立った開国攘夷派に転向されたのです」

誠之助は熱をこめて語った。

「血気にはやる攘夷の連中とは、天と地ほどの差がありますわ」

新右衛門が身ぶりをまじえて言った。

「尊王のほうは変わっていないんだね？」

夏目与一郎がさらに問う。

「宮殿下のお近づきを得たのを機に、馬の名を都路から王庭《おうてい》に変えられたくらいですから。公武合体の立役者として、己《おのれ》を恃《たの》むところは大いにおありでしょう」

誠之助は答えた。

「公武合体ってなに？」

おかながあどけない声でたずねた。

このところ、分からないことを続けざまに訊くので返答に窮することもしばしばある。

「京の帝《みかど》と江戸の将軍様、どちらも仲良くしてこの国を立て直していこうっていうことだよ」

誠之助が簡明に答えた。

「そりゃ、分かりやすいや」

「さすがは先生」

櫛づくりの職人衆から声が飛ぶ。

「立て直さないといけないの？」

おかなはなおもたずねた。

利発な子だ。話の流れをとらえてときどき鋭い問いを発するから、おたねはびっくりすることがしばしばあった。

「そりゃ、外国から攻められたりしてるからね」

夏目与一郎が笑みを浮かべた。

「おまえも横浜へ行ったことがあるから分かるだろう。外国とはまだまだずいぶん差がある。国の中でいがみ合っているあいだに、やるべきことはたくさんあるんだ。象山先生はそういうことを説いて回っておられる」

誠之助が嚙んで含めるように言った。

おかなはこくりとうなずいた。

「最新の世界地図や、蒸気船の模型なども用いて、外国の列強はこれだけの力があると説明したりされてますわ」

新右衛門は言葉を添えた。

「その思いがちゃんと伝わればいいんだけど」

おたねが言う。

「なかには直情径行の志士もいるからね」

誠之助が眉根を寄せた。

「そういえば、象山先生は幕府のお抱えになったんだってね」

夏目与一郎が言った。

「そうですねん。初めはあまりにも待遇が悪いので、腹を立てて蹴りかけたこともあったみたいですけどな」

新右衛門が告げた。

佐久間象山が二条城《にじょうじょう》に伺候したのは四月三日のことだった。さりながら、幕府から受け取った辞令は小役であまりにも微禄だった。

憤然と宿へ帰った象山はそのまま帰藩することも考えたが、周囲の必死の説得と禄高の増加案の提出などにより、ようやく機嫌を直して京にとどまることにした。

その後は、十日に山階宮《やましなのみや》、十二日に一橋慶喜と謁見するなど、たしかな人脈を築き、朝廷の過激な攘夷論者の説得役として重きを置かれるようになった。

五月に入ると、一日に京に滞在している将軍家茂に謁見し、三日には中川宮《なかがわのみや》に伺候して天下を治めるための策を滔々《とうとう》と述べた。

ここにおいて、佐久間象山の名声はいやがうえにも高まった。

「象山先生ほどの人物だから、ほかの藩からも声がかかったりしているだろう？」

出されたばかりの鰹の梅たたきを食しながら、夏目与一郎が問うた。

鰹のたたきにさわやかな梅肉だれをまぶし、貝割れ菜などの薬味をたっぷり添えた目にも涼やかな肴だ。

「薩摩藩の島津久光様は開国論者ですから、さっそく招聘の話がありました」

誠之助が答える。

「使者は相撲取りみたいな人でびっくりしましたけどな」

新右衛門が身ぶりをまじえた。

「ほう、名は？」

と、元与力。

「西郷吉之助《さいごうきちのすけ》」

のちの西郷隆盛《たかもり》だ。

「ですが、すでに幕命を帯びて上洛した身であるから、それは筋が通らぬと断られたのです」

誠之助が明かした。

「おいらだったら、銭になるほうへ行くがな」

太助が太平楽に言った。

「おとうの話は聞かないほうがいいわよ」

次の串を揚げながら、およしが春吉に言う。

「まあ、なんにせよ……」

誠之助が座り直して続けた。

「京の情勢の一寸先は闇だな。とても読みきれない」

「京にいてる駒が多すぎますさかいになあ」

将棋になぞらえて、新右衛門も嘆息した。

「象山先生の身に何事もなければいいけれど」

半ば独りごちるように、おたねは言った。

そして、胸に手をやった。

ちょっと嫌な予感がしたのだ。

二

六月の後半、佐久間象山はある画策をした。

京の情勢は錯綜《さくそう》を極め、あまりにも物騒だから、天皇を彦根《ひこね》城に遷幸《せんこう》し、幕府の兵で天皇を護《まも》るという発案だ。彦根城は天然の要害だから、ひとたび移し終えたら、容易には攻められない。

これが実現すれば、公武合体が結実し、開国が国是《こくぜ》となる。京に跳梁する攘夷の志士たちも、天皇に向かって弓を引くことはできない。

会津《あいづ》藩士の後ろ盾を得たうえで、一橋慶喜に伺候して発案を伝えたところ、ただちに同意を得た。すでに山階宮と中川宮にも献策している。事はこのまま成就《じょうじゅ》するかに思われた。

ちょうどそのとき、松代藩主の真田幸教《さなだゆきのり》が幕命によって上洛の途上で、大津《おおつ》に滞在していた。象山のもとへ幕臣の一人が至って、大津は要害だからそのままとどまり、彦根遷都への守備役に就いてもらえばどうかと進言した。

これは天の助けかと勇躍大津へ乗りこんだ象山だったが、松代藩の筆頭家老、真田桜山《おうざん》の対応はいたって冷ややかだった。わが藩は幕府から京都御所《きょうとごしょ》の警備を命じられて上洛する途上なのであるから、勝手に当地にとどまるわけにはいかないというわけだ。

人を人とも思わぬところがある象山を嫌う者は松代藩に多かったが、筆頭家老の真田桜山もその一人だった。象山とは犬猿の仲の家老は、頑として首を縦に振ろうとはしなかった。こうして、彦根遷幸計画はいったん沙汰止みとなったのだが、火種はさらにくすぶりつづけた。

七月十日、京の公家諸家に文が投ぜられた。おのれの身を護らんとする会津藩が、彦根への天皇遷幸を企てている。そのうしろで糸を引いているのは佐久間象山だとする内容の文だ。

それを耳にした尊王攘夷の志士たちは激昂《げっこう》した。

とともに、焦燥を募らせた。天皇がひとたび彦根城へ移ってしまえば、京にいるわれらが護る者がなくなってしまう。

かくして、運命の七月十一日が来た。

ことに暑い日だったと伝えられている。

象山は宮家を回り、なじみの寺をたずねてから三条木屋町の宿へ戻るべく、寺町《てらまち》通を北へ向かっていた。ほかに馬取りや小者など、小人数の供の者しかいなかった。

ひときわ目立つ白馬の王庭に派手な拵えの洋鞍を置き、当時としては抜きん出た長身の象山が周りを睥睨《へいげい》しながら闊歩するさまは遠くからでも目立った。

黒紋付の裃《かみしも》に白い莫大小《めりやす》の小袖。黒塗りの洋鞭を手にして愛馬を操る異貌の男は、巧みに馬を御しながら三条小橋のたもとにさしかかった。

そこへ、刺客が現れた。

二人の男がさっと抜刀した。

「天誅《てんちゅう》！」

白昼の京に甲高い声が響く。

「下がれ、狼藉者」

象山は馬に鞭を入れ、そのまま突っ切ろうとした。

宿は近い。まずはそこへ逃げこもうとしたのだ。

だが、先に馬が斬られてしまった。動揺した馬はもう御すことができない。宿の前で止めることができなかった。

そのまま通り過ぎて御池《おいけ》通に出たところで、べつの刺客がまたわらわらと現れた。象山は挟み撃ちになった。

狼狽した馬が棒立ちになり、象山は落馬した。そこへ攘夷の志士たちが襲いかかる。その要《かなめ》となったのは、熊本藩士の河上彦斎《かわかみげんさい》だった。

のちに「人斬り彦斎」と呼ばれる河上彦斎は、小柄ながら居合の達人だった。その凶刃は過たず象山の身をとらえた。

象山は刀を抜いて応戦しようとしたが、時すでに遅かった。ほかの志士も駆けつけ、次々に太刀を浴びせる。

万能の天才、佐久間象山は道半ばにして京に斃《たお》れた。

五十四歳だった。

三

象山暗殺の報は、ほどなく江戸にも届いた。

知らせを聞いた夢屋は憂色に包まれた。

どうか誤報であってほしいという誠之助とおたねの願いは空《むな》しかった。象山が凶刃に斃れたのは疑う余地のないことのようだった。

ほどなく、京から武部新右衛門がやってきて、夢屋の面々に仔細を伝えた。

「そやさかい、気ィつけてと言うてたんですけどなあ」

新右衛門はそう言うと、いとも苦そうに猪口の酒を干した。

「江戸にいた門人でも悔いているのだから、京はいかばかりかと思う」

沈痛な面持ちで、誠之助が言う。

「それにしても、藩の仕打ちは冷たいものだねえ」

一枚板の席から、夏目与一郎が義憤をこめて言った。

「わたしも得心がいかないんです」

おたねも言う。

「象山先生の死を悼《いた》むどころか、お体に後ろから斬られた傷があったからという理由で佐久間家をお取りつぶしにしてしまうとは、松代藩の仕打ちにはあきれるばかり」

誠之助が顔をしかめた。

「何でまた、うしろから斬られた傷があったらいけねえんだい？」

元与力の隣に座った隠居の善兵衛がたずねた。

「侍は前から敵に立ち向かっていかねばならないのですよ。向こう傷ではなくうしろに傷があったら、敵に背を見せたことになってしまう」

誠之助が説明する。

「しかし、大勢でわっと襲われたんだろう？　象山先生は」

夏目与一郎が身ぶりをまじえた。

「そうですねん」

新右衛門が猪口を置いて続けた。

「落馬したところを寄ってたかって斬られてしもたんですわ。そら、うしろにも傷がつきますで。何言うてんねん、ほんまに」

弟子は怒りの色をあらわにした。

「武士たるものが不届きであると、理不尽にも御家断絶、家屋敷も知行地も没収とは、冷酷非道な仕打ちです」

誠之助も和す。

「よほど恨みを買われていたのでしょうか、象山先生は」

政太郎がおずおずと言った。

「傲岸不遜なところがおありだったからな。松代藩で象山先生を蛇蝎《だかつ》のごとくに嫌っていた人は多かったと聞く」

誠之助が答えた。

「でも、亡くなった先生に追い打ちをかけるような仕打ちは、そのほうがよっぽど武家らしくないと思うんだけど」

おたねが思ったことを口にした。

「おたねさんの言うとおりだよ。わたしもそう思う」

おりきが同意した。

「亡くなった前の殿様は象山先生の後ろ盾になっていたそうだがね」

夏目与一郎がそう言って、甘藍の油炒めに箸を伸ばした。

真田幸貫《ゆきつら》のことだ。

「幸貫公が大金を出して買い与えたショメールの百科事典を参考にして、象山先生はさまざまな発明を成功させて世に裨益《ひえき》された。言ってもせんないことだが、あの関わりが続いていれば、よもやこんな仕打ちを受けてはいまい」

誠之助は悔しそうに言った。

「家老が敵なんだってな」

うわさを耳にした善兵衛が言った。

「松代藩の筆頭家老の真田桜山は尊王攘夷論者で、公武合体を主張する象山先生とは水と油だった」

「かと言って、亡くなってすぐ言いがかりをつけて御家断絶とは、筋が通らねえ話だよ」

持ち帰り場から太助が声をあげた。

「まあ、なんにせよ……」

誠之助が座り直して続けた。

「あとに残された者が象山先生の遺志を継いで、この世を良くしていかなければな」

その話を黙って聞いていたおかなが、こくりとうなずいた。

まだ世の中の複雑な事情は分からないが、大きな手のひらで頭をなでてくれた「象山おじさん」が亡くなったと聞いて、わらべなりにずいぶん気落ちをしたようだ。おかなにとってみれば、初めて接する人の死になる。

「なら、おまえさま、象山先生を悼むお料理をうちでお出ししたらどうかしら」

おたねが案を出した。

「なるほど、ちょうど象山揚げもあるしな」

誠之助は乗り気で言った。

「まだ堅パンはあるから、中食の顔にすればどうかと」

おたねが言う。

「クールトン入りの観音汁も添えてね」

おりきが笑みを浮かべる。

「よく憶えたね、おっかあ、クールトン」

太助が言う。

「そりゃ、お経よりずっと短いから」

おりきがそう言ったから、沈んでいた夢屋の気がやっといくらかやわらいだ。

四

三日後——。
夢屋の見世先にこんな貼り紙が出た。

悼、佐久間象山先生
先生考案、象山揚げ膳
象山揚げ（海老、甘藷）、飯と香の物、観音汁、煮豆
中食三十食限り

貼り紙は、誠之助が心をこめて書いた。

気にいらない字があるたびに書き直したから、ずいぶん時がかかった。

「おっ、今日は中食からですかい、四目先生」

列に並んでいる夏目与一郎を見て、常連客が声をかけた。

「象山先生追悼の膳を食い逃したら後生が悪いからね」

元与力の狂歌師が言う。

「忙しいところ、押して駆けつけた次第。わはは」

平たい顔の武家が笑う。

平田平助は無役の小普請組だから、忙しさとは無縁だ。

そんな按配で、中食の膳は飛ぶように出た。

「お、持ち帰り場で揚げてるのかい」

客の一人が声をかけた。

「象山揚げだけこっちで」

手を動かしながら、太助が答える。

「夢屋じゅうで力を合わせてお出ししていますので」

おたねが笑みを浮かべた。

象山の発案で揚げ粉に横浜の堅パンを削ったものを使い、海老と甘藷をからりと揚げる。

これを平皿に盛り、甘藍と胡瓜《きゅうり》を千切りにして酢漬けにしたものと、瓢簞《ひょうたん》形の小皿に盛った甘辛のたれを添える。持ち帰り場のようにいちいちたれの甘辛を訊いていたのでは手が遅れるからという知恵だ。

明珍に頼んでつくってもらった瓢簞形の小皿は中途で二つに分かれており、「あま」「から」と字まで入っているから間違えようがない。足りなくなったら客同士で回し合うこともできるし、声がかかればたれだけ注ぎ足しにも行ける。

厨からおりきが言った。

「串、運びます」

「はい、お膳上がったよ」

およしが答えて春吉とともに動く。

「かなちゃん、お豆載せてね」

おたねが娘に言った。

象山先生を悼むお膳だと告げると、どうしても何か手伝うと言いだした。そこで、煮豆の小皿を載せる役を与えることにした。本当は大人だけでやったほうがはかがいくのだが、これも学びになる。後々まで憶えていてくれるかもしれない。

「なんでまた、煮豆がついてるんだい？」

「あんまり中食の膳にはつかねえじゃねえか」

座敷に陣取った大工衆が問うた。

「象山先生は豆菓子がお好きだったもので」

ここに来たときのことを偲《しの》びながら、おたねは答えた。

「ああ、それでか」

「菓子を出してもしまらねえからな」

客は得心のいった顔つきになった。

「豆菓子をぽりぽり召し上がられていたお姿が目に浮かびます」

珍しく厨に入っている誠之助が言った。

「何よりの供養だよ」

夏目与一郎がしみじみと言った。

「それにしても、この象山揚げはうめえな」

「おう、さくさくしててよ」

「これなら、ずっと持ち帰り場で出したらどうでえ」

座敷の客が口々に言う。

「揚げ粉は横浜の堅いパンを使っているので、数に限りがあるんですよ」

おたねが申し訳なさそうに言った。

「いくらでも使えるんだったらそうするんですがねえ……はい、また揚がったよ、象山揚げ」

太助が小気味よく油を切った。

「なるほど、そりゃ面倒だ」

「いちいち横浜まで仕入れに行くわけにゃいかねえから」

座敷の客が言う。

「揚げ粉だけじゃなくて、観音汁にも細かく切って揚げたものを入れています」

おたねが言った。

「おう、これもこりっとしてうめえな」

「何て言うんだ？」

声が飛ぶ。

「おっかさん、出番だよ」

次の串を揚げながら、太助が厨に声をかけた。

「……クールトン」

芝居で見得を切るように、おりきが答える。

「すげえじゃねえか」

「そりゃ異国の言葉かい」

客が驚いた顔つきになった。

「わたしゃ、クールトンと四目先生のキャベージしか知らないんだがね」

おりきがそう言ったから、夢屋に笑いがわいた。

そのとき……。

夢屋の前で、頰被《ほおかむ》りをした棒手振《ぼてふ》り風の男が足を止めた。

貼り紙をじっと見る。

「佐久間象山だと？」

男の顔色が変わった。

夢屋の前で立ち止まったのは、市井《しせい》の棒手振りではなかった。

名うての南蛮嫌いの隠密廻りだった。

五

「向後《こうご》まかりならぬ」

野不二均蔵同心が厳しい顔つきで申し渡した。

「開国を進め、夷狄《いてき》を横浜等に跋扈《ばっこ》せしめたのが佐久間象山だ。このたびの危難は天罰が下ったのだ」

名うての南蛮嫌いの同心は吐き捨てるように言った。

これまでも、夢屋を目の敵《かたき》にし、南蛮風の料理を出すたびに難癖をつけてきた。クローケーの試作にしくじって破裂させたときなどは、のれんを取り上げようかという勢いだった。

「お言葉ですが、亡き象山先生は公武合体を進めておられました。公は朝廷、武は幕府です。幕府の禄を食《は》むあなたが象山先生を蔑《なみ》するのは、畏《おそ》れ多くも上様に弓を引くがごとき行いなのですよ」

誠之助がやりこめた。

「えーい、屁理屈を申すな」

野不二同心の顔にさっと朱が散った。

この御仁、話が難しくなるとついていけず、しばしば癇癪《かんしゃく》を起こす。

「それに……」

なおも何か言おうとした誠之助を手で制して、おたねが言った。

師の象山が弟子の吉田松陰の海外渡航未遂事件で罪に問われたとき、誠之助も危うく連座するところだった。幕府がいまだに危険人物とみなしていてもおかしくはない。

そこで、今日は厨に入っているが、平生はあまり夢屋のあるじとしてふるまわず、何かにつけておたねが誠之助の楯になるように心がけていた。

「象山先生が開国を主張されていたのは、世界の列強に伍す力をつけたうえで、本当の大きな攘夷を果たそうという百年の計があったからなんです」

おたねは必死の思いで言った。

「女だてらに、難しい理屈を申すな」

南蛮嫌いの同心のこめかみに青筋が浮かぶ。

それを聞いて、夏目与一郎が思わず失笑した。

「何がおかしい」

同心がにらむ。

「いま少し頭を冷やしたらどうかね」

元与力の狂歌師が言った。

同じ町方のお役目をつとめあげてきた男だから、いままでもたびたび夢屋の楯になってきてくれた。

「ならぬものは、ならぬ」

野不二同心は頑として首を横に振った。

「武士にあるまじき最期だったゆえ、松代藩は佐久間家の家屋敷を没収したと聞いた。さような男の名を使った料理を上様のお膝元で出したとあっては、思わぬ火種になりかねぬぞ」

目つきの悪い同心はそう言うと、にやりと笑みを浮かべた。

一矢報いてやったぞという笑いだ。

「ならば、横浜の居留地ではようございますね？」

おたねがふと思いついて言った。

「横浜？」

同心はいぶかしげな顔つきになった。

「さようです。夢屋は横浜に出見世がございます。そこで、横浜開港の恩人とも言うべき象山先生の名をつけた象山揚げをお出ししても、いっこうにかまいませんよね？」

おたねはなおも問うた。

「町方の力は横浜には及ばぬからな」

夏目与一郎がうなずく。

「うう、それは関わりのないことだ」

さしもの南蛮嫌いの同心も、そこまでまかりならぬと言うことはできなかった。

「なら、出見世で揚げましょうぜ」

太助が言った。

「横浜の名物になるぜ」

「異人さんが食ってくれらあ」

「あっちにゃ石頭はいねえだろうからよ」

客が口々に言った。

「何だと？」

野不二同心がまた顔色を変えた。

「とにかく、うちでは象山揚げの名は今日かぎりにいたしますので、お引き取りくださいましな」

おたねが冷たく言った。

「飯がまずくなるからな」

「ひでえつらだぜ」

当人に聞こえないように、客がささやく。

「二度と象山揚げを出したりしたら、ただちに夢屋ののれんを取り上げるゆえ、さよう心得よ」

野不二同心は威張って言うと、きびすを返し、誠之助がしたためた貼り紙を破り取って立ち去っていった。

その姿が見えなくなったのをたしかめてから、おたねは見世の前に盛大に塩を撒《ま》いた。

第八章　よこはま象山揚げ

一

江戸に秋風が吹きはじめた。

「それにしても、今年は京だけでも大変だったねえ」

一枚板の席に陣取った夏目与一郎が、寺子屋を終えた誠之助に言った。

「象山先生が危難に遭われたあと、日を置かずして大きないくさが起こりましたから」

まかないの甘藍焼きうどんを食しながら、誠之助が答える。

「そのいくさで京の町がずいぶん焼けてしまったと聞きました」

その隣で政太郎が言う。

「ほんに、お気の毒なことで」

おかなの手習いを見ながら、おたねが言った。

さすがにまだ寺子屋には早いが、字を書く稽古などは進んで行っている。みなが驚くほど上達が早く、出来栄えのいいものは夢屋の壁にも貼り出してあった。

「江戸に飛び火しないといいけどねえ」

厨で手を動かしながら、おりきが言った。

「昨今の情勢は、もう訳が分からないね。一寸先は闇だよ」

元与力の狂歌師が言う。

「本当に、この先も何が起こるか分かりません」

誠之助はそう言って、茶を苦そうに啜った。

京で起きたいくさとは、禁門《きんもん》の変のことだ。蛤《はまぐり》御門《ごもん》の変とも呼ばれる。

長州の尊王攘夷派の志士たちは、昨年の公武合体派のクーデターによる失地回復を目指すべく、会津藩主で京都守護職を兼ねる松平容保《まつだいらかたもり》らを除かんと挙兵した。そのせいで京は火の海に包まれることになってしまった。

一敗地にまみれた長州藩は朝敵となり、征討の命が下った。しかし、先に攻めてきたのは外国の連合艦隊だった。前年に馬関海峡を一方的に封鎖し、船に攻撃を加えた長州藩への報復攻撃だ。

「ただ、これで長州藩も目が覚めるでしょう」

誠之助は湯呑みを置いて続けた。

「と言いますと?」

政太郎が訊く。

「列強の攻撃で、長州藩は相当の打撃を受けたようだ。さしもの攘夷派も、武をもって敵を制さんとすることの愚を悟るだろう」

誠之助は答えた。

「象山先生はずいぶん前から悟っていたことだがね。敵に攻められないと目が覚めないとは」

夏目与一郎が嘆く。

「で、向こうでもいくさをやってるんですかい?」

太助が案じ顔で問うた。

「いや、たちどころに降参して講和条約を結んだそうだ。朝敵にもなっている身だから、長州藩も大変だろう」

誠之助はそう言ってまた箸を動かしはじめた。

長州藩が講和条約を結んだとき、全権委任となった立役者は象山のもとで語り明かした高杉晋作だった。

「はい、あがったよ、おたねさんが思案した南蛮煮」

厨からおりきが言った。

「ほう、そりゃうまそうだね」

夏目与一郎が言う。

「胡麻油を入れただけですけど」

おたねが控えめに言った。

南瓜《かぼちゃ》の南蛮煮だ。味醂をたっぷり使った煮汁に胡麻油を加えると、風味が出てことのほかうまい。

「お、いい香りがするね」

煮物が行きわたったころに、玄斎がふらりと姿を現した。

「先生の分もありますよ」

おりきが言う。

「なら、いただこうかね。……おう、手習いかい」

座敷のおかなを見て、祖父は目を細めた。

「だんだん上手になってきて」

おたねは目をしばたたかせた。

「……書けた」

おかなは筆を置いてにっこりした。

「よく書けたな」

玄斎は孫の頭に手をやった。

おたねは書きあがったばかりの手習いの紙を手に取った。

「これ、だめよ」

手を伸ばしてふじを追い払うと、もう一度しみじみと見る。

「亡くなったお姉ちゃんと、見世の名前だから」

おかなが言った。

おたねは感慨深げにうなずいた。

ゆめ

おかなの手習いの字は、そう記されていた。

「乾いたら壁に貼ってあげよう」

誠之助が言った。

「うん」

おかなは嬉しそうに答えた。

二

三日後の二幕目——。

伊皿子焼の陶工衆が座敷に陣取ったかと思うと、雛屋の佐市と杉田蘭丸がつれだって入ってきた。

「おお、蘭ちゃん、久しぶり」

持ち帰り場の串を揚げながら、太助が声をかけた。

「たまには江戸の絵も描きたいんでね」

総髪の画家がそう言って笑った。

「また近々、横浜へまいりますが」

雛屋のあるじがそう言って、一枚板の席に座った。

「それなら、かなちゃんも行く」

おかながさっと手を挙げた。

「だったら、お父さまと話をして日取りを決めようかしら」

おたねが乗り気で言った。

「象山揚げ、また食べたいね」

座敷の明珍が言う。

「ひとたび舌が覚えちまったからな」

「食えねえのは殺生《せっしょう》だ」

陶工衆も口々に言った。

南蛮嫌いの同心から「まかりならぬ」というお達しを受けてしまったが、象山揚げは夢屋の裏料理としてひそかに供されていた。

「今日は象山できるかい？」

「ありゃあ、さくさくしてうめえからよ」

「海老の象山はこたえられねえや」

声をひそめてそんな注文をする客が後を絶たなかった。なかには佐久間象山を知らない者もいたが、そこはそれだ。

ただし、粉に用いる横浜の堅パンが払底《ふってい》してきた。袋に入れて厳重に口を紐で縛ったとはいえ、カビが生えてきたものもあった。

そして、とうとう使えるものが一つもなくなってしまった。そろそろ横浜へ行って調達しなければという話をしていたところだ。

「また荷運びだね、太助」

茸の天麩羅を揚げながら、おりきが言った。

「えっ、おいらも？」

太助は及び腰だった。

「パンを運ぶ人手が要るので」

おたねが言う。

「前は異人だらけの横浜の町を歩くのに腰が引けてたから、体のあちこちが痛くなっちまって」

太助は腰をさすった。

「春吉もいっぺん行ったからもういいって言ってました。だいぶ疲れたみたいで」

およしが言う。

「はは、親子だね。だったら、夢屋で一緒に留守番をしようよ」

おりきはそう言って、舞茸の天麩羅の油を切った。

舞茸、松茸、平茸、占地……茸の天麩羅の盛り合わせが大皿で供されたとき、寺子屋が終わって誠之助と政太郎が戻ってきた。今日はまかないも天麩羅膳だ。

「そうか。おまえもまた行きたいのか」

誠之助がおかなに問うた。

「うん。横浜は好きだし、学びにもなるし」

おかなは大人びた口調で答えた。

「荷運びはうちの手代を出しましょう。あきないの学びもさせたいので」

雛屋のあるじがそう申し出てくれた。

「まあ、それは助かります」

おたねのほおにえくぼが浮かんだ。

「なら、行かなくてすむな」

太助が胸に手をやる。

「行けばいいのに、太助ちゃん。あれからずいぶん新しい建物ができたよ。オテルが建ち並んだりして」

蘭丸が言う。

「おてる?」

「女の人の名前じゃないよ。西洋の立派な旅籠のことだ」

画家が白い歯を見せた。

「それは仏蘭西語かい？」

誠之助が箸を止めて訊く。

「そうです。HOTELのHを仏蘭西語では発音しませんから、オテルになるんですよ」

横浜ぐらしが長くなった蘭丸が答えた。

「夢屋に来てると学びになるな」

「でも、横浜じゃこんなうめえもんは出ねえだろう？」

陶工衆の一人が舞茸の天麩羅を箸でつまんだ。塩胡椒をしていい色がつくまで揚げるとことのほかうまい。

「近在の村から茸も入りますよ。それに、風変わりな西洋野菜の天麩羅も食べたことがあります」

と、蘭丸。

「甘藍は合わなかったけれど」

おたねが言った。

「育ての親の四目先生も妙な顔をしてたからね」

おりきが笑う。

「甘藍はともかく、阿蘭陀三つ葉の葉っぱの天麩羅はなかなか美味でした」

阿蘭陀三つ葉とは、いまのセロリのことだ。

「そりゃ、うまそうね、食べてみたい」

明珍が鯰髭をなでる。

「横浜の近在ではいろいろ育ってるようですから、そのうち江戸にも入ってくるかもしれませんね」

蘭丸が言った。

「いつもの港屋さんへ行ったら、野菜のこともちょっと聞いてみましょう」

おたねが乗り気で言った。

そんな按配で、また横浜へ行く話がまとまった。

雛屋の都合を聞き、出立の日取りまで決まる。

「これでまた、食べられるね、象山揚げ」

明珍が顔をほころばせた。

三

夢屋をおりきと太助、およし、春吉の家族に任せて、おたねと誠之助はおかなをつれて横浜に向かった。

中食はおすみとその朋輩が手伝ってくれるから、見世のほうは安心だ。猫のえさやりは春吉も手伝ってくれるようになった。

あとは政太郎と杉田蘭丸、雛屋の佐市と手代、総勢七人の一行だ。

おかなを乗せた駕籠を乗り継ぎ、滞りなく横浜に着いた。雛屋の二人は出見世へ、蘭丸は住まいへ戻る。夢屋の家族と政太郎は、定宿となりつつある港屋へ向かって旅装を解いた。

川崎の茶見世で油を売っていたせいで、着くのが夕方になってしまった。出見世はもう閉まっている。

「聡樹のところへ行くのは明日でいいだろう」

誠之助がそう言って、ふくらはぎを手でもんだ。

いかに健脚でも、駕籠について横浜まで歩けば疲れが出る。

「そうね。ちょっと疲れたわね、かなちゃん」

おたねが娘を気遣う。

「うん。ずっと駕籠に乗ってたから」

いつも元気なおかなにも、さすがに旅の疲れが見えた。

「なら、今日のところはおいしい夕餉を食べて、ゆっくり内湯に浸かって寝よう」

誠之助が笑顔で言った。

「重ねてのお越し、まことにありがたく存じます」

「本日は初めてのお料理も出させていただきますので」

旅籠のあるじとおかみが愛想よくあいさつに来た。

「それは楽しみです」

おたねは笑顔で答えた。

ややあって、おかみと仲居が夕餉の膳を運んできた。

「これは、いつものぼうとる焼きでございます」

なじみの料理を置く。

「それから……」

おかみは湯気を立てている鍋を敷物の上に置いた。

「お鍋ですね」

おたねが少し身を乗り出す。

「何が入ってるの？」

おかなが無邪気に問うた。

「じゃあ、あけてみるね」

おかみはそう言って、濡れた手拭《てぬぐい》を使って鍋の蓋を取った。

「……これは？」

誠之助がまばたきをした。

「甘藍に見えますね」

政太郎が言う。

「鶴見村で育てている西洋野菜のキャベージの鍋物でございます」

港屋のおかみは自慢げに告げた。

ほかに葱と豆腐が入っている。

「まあ、キャベージは横浜でも育ててるんですね」

おたねは驚いたように言った。

「ご存じなんですか？」

今度はおかみの顔に驚きの色が浮かんだ。

「ええ、うちでもお出ししてるんですよ」

おたねはそう答え、見世の常連が育てていて、甘藍という名でさまざまな料理に使っている旨をかいつまんで伝えた。

「そうでしたか。それなら、珍しくもなんともありませんわねえ」

いささか当てが外れたといった顔つきで、おかみが言った。

「いえ、でも、この鍋仕立ては初めてです。蒸したり焼いたり、焼きうどんや焼き飯の具にしたり、いろいろ使ってるんですけど」

おたねが笑みを浮かべた。

「では、さっそく」

誠之助が箸を伸ばした。

「どうぞ。酢醤油のたれにつけてお召し上がりくださいまし」

おかみがすすめた。

「寒い時分にはいいですね」

政太郎が賞味して言う。

「たれはもう少し工夫できるかもしれませんが」

と、おかみ。

「甘藍はゆでると甘みが出ておいしいですからね。このお鍋、うちでも出してよろしいでしょうか」

少し食してから、おたねは言った。

「どうぞどうぞ。江戸に広まったとこちらも自慢できますので」

おかみは快く言った。

「お母さま、ふうふう」

おかながもてあまして取り皿を渡す。

「はいはい、ふうふうね」

おたねは息を吹きかけて冷ましてやった。

「ほかにも西洋野菜をつくっているんでしょうか」

政太郎がたずねた。

「鶴見村では赤茄子《あかなす》もつくりだしたそうですよ」

おかみが答えた。

いまのトマトのことだ。

「太助さんがむかしつくってたけど、ものにならずにあきらめちゃったわね」

と、おたね。

「あれは苦いばっかりだったからな」

誠之助が顔をしかめた。

そうこうしているうちに、鍋の具がほどよく冷めた。

おかなはキャベージをたれにつけて口に運んだ。

「おいしい？」

おたねが訊く。

「……うん」

おかなは顔をほころばせた。

ぼうとる焼きよりは口に合ったようだ。

おたねも口に運ぶ。おかみの言うとおり、たれにもうひと工夫できるような気がした。

ただし、何を足せばいいのか、そのときにはまだ分からなかった。

四

内湯に交替で浸かって早めに休み、疲れを取った翌日、夢屋の一行がまず向かったのはグッドマンのパン屋だった。

聡樹の出見世は昼前でなければ開かないし、象山揚げを伝授するためには堅パンを仕入れておかねばならない。

「手回しよく削り器も持ってきたからな」

誠之助が言った。

「パンを粉にするのはこつが要るから」

おかなの手を引いたおたねが答える。

何でもつくる器用な雛屋に頼んで、横浜の堅パンを削って揚げ粉にする道具をつくってもらった。いたって使い勝手のいい削り器だ。

蘭丸が言ったとおり、前にはなかった真新しいオテルが建つ通りをしばらく進み、グッドマンの見世に着いた。

誠之助が英語を使って桂三郎に会いたいという用向きを述べると、応対に出た者はややあいまいな顔つきになった。

本人が現れると、そのわけが分かった。

「間に合ってようございました」

桂三郎はそう告げた。

「と言うと？」

誠之助が問う。

「実は、お暇をいただいて八王子へ帰ることになったのです。もう荷づくりを始めていて、あさってには発つところでした」

桂三郎は思いがけないことを告げた。

「そりゃまたどうして？」

おたねは驚いてたずねた。

「はい……」

束の間うつむいてから、桂三郎はまた顔を上げた。

「跡取りだった長兄が急な病で亡くなってしまいまして、次兄は他家へ婿養子に出ているので、おまえが家を継げと親から文が来たのです」

桂三郎はわけを伝えた。

「それはそれは、ご愁傷さまで」

と、おたね。

「まだ道半ばだったのにな」

誠之助が残念そうに言う。

「毎日食べても飽きないようなパンをつくれるようになって、自前の見世を開くのが夢だったんですが、致し方ありません。跡取りの兄が亡くなって両親も気落ちをしているようなので、わたしが八王子に戻って面倒を見なければなりませんから」

パンづくりを志していた若者はわが身に言い聞かせるように答えた。

「八王子でパン屋を開けばどう？」

おかなが思ったことを口にした。

それを聞いて、桂三郎の表情がゆるんだ。

「そうしたいのはやまやまなんだけどね、八王子ってところは桑畑ばっかりで、パン屋を開いたってだれも買ってくれないんだよ」

桂三郎はそう教えた。

「では、とにかくうちの出見世に堅パンを持って行きたいので」

誠之助が段取りを進めた。

「承知しました」

桂三郎が頭を下げる。

「江戸の分はどうしよう、おまえさま」

おたねが誠之助に問うた。

「明日はまだいるんだね？」

誠之助は桂三郎にたずねた。

「おります。もしよろしければ、できるかぎり堅パンをおつくりして、日もちがするように按配させていただきますが」

桂三郎はすぐさま答えた。

「そうしてもらえるとありがたいけれども、うちでむやみに要り用になるわけではないからな」

象山揚げを禁じられたことを踏まえて、誠之助は言った。

「でも、べつの名にして売り出すという手もあるし」

おたねはいま浮かんだ思いつきを口にした。

「なるほど。相変わらず肝が据わってるな」

誠之助が白い歯を見せた。

「とにかく、今日は出見世に運びましょう」

と、おたね。

「そうだな」

誠之助はうなずき、桂三郎のほうを見た。

「見世にあるだけの堅パンをもらえるだろうか」

「承知しました。ただいまお持ちします」

桂三郎は気の入った表情になった。

五

坂井聡樹の出見世は開店準備を進めていた。

そこへ夢屋の一行が赴き、堅パンを削って揚げ粉にする象山揚げを伝授した。

「なるほど、いまは亡き象山先生が考案されたのですか」

聡樹は感慨深げな面持ちになった。

かつて誠之助とともに松代へ忍んでいき、いくたびも象山の謦咳に接したことがある。

象山が危難に遭って落命した悲報は、むろん横浜にも届いていた。

「そうだ。江戸では南蛮嫌いの役人が目を光らせていて出せぬゆえ、横浜の出見世の名物にしたい」

誠之助が気の入った声で告げた。

「承知しました」

聡樹は引き締まった顔つきで答えた。

さっそく削り器を取り出し、おたねがパンを削る手本を見せた。おのれの住まいからやってきた蘭丸が矢立を取り出し、そのさまを素早く描き取る。

「なるほど、おおよその要領は分かりました」

聡樹が言った。

「なら、代わりに」

おたねは削り器を渡した。

みなでパンを削っているさまが物珍しいのか、だんだん人だかりができてきた。居留地の外国人から何か質問があるたびに、誠之助が聞き取って説明する。

「いま何て言ったの？　お父さま」

おかなも興味津々で問うから、誠之助は答えるのに忙しかった。

そうこうしているうちに、支度が整った。

試しに海老を一本揚げてみる。

「食べてみろ」

誠之助が聡樹に言った。

さくっと噛むなり、聡樹の顔つきが変わった。

「これはおいしいですね。さすがは象山先生だ」

聡樹は晴れやかな表情で言った。

いくらか遅れたが、夢屋の出見世が開いた。

「トゥデイ、ニュー、クシアゲ、ショウザンアゲ」

列に並ぶ外国人に向かって、聡樹が声をかけた。

「スウィート、オア、ビター？」

誠之助も和す。

たれを甘辛どちらにするかという問いだ。

「象山揚げ、いかがですか？」

おたねも臆せず声を発した。

「いかがですか？」

おかなもおうむ返しに言う。

「オー、プリティ」

「ワンダフル」

小さい売り子さんに異人たちから声が飛ぶ。

象山揚げはいたって好評だった。

揚げ粉を変えたおかげで、さくさくと香ばしくなった。洋の東西を問わず、常連客は口をそろえて言った。

「ジス、イズ、ショウザンアゲ」

「ファット、イズ、ショウザン？」

異人の問いに、ときどき自らが編んだ字引をたしかめながら、聡樹はていねいに説明した。

誠之助と政太郎も身ぶりをまじえて言葉を添えた。いわれを呑みこんだ者は、感慨深げに象山揚げを口に運んだ。

「あっと言う間になくなったわね」

おたねが笑みを浮かべた。

「これなら、もっと多めに仕入れても良さそうです」

聡樹も白い歯を見せる。

「グッドマンの見世に伝えておくから、堅パンがなくなったら仕入れるといい」

誠之助が言った。

「削り器が駄目になったら、雛屋の出見世に言ってもらえればまたできますから」

蘭丸が伝えた。

「これはきっと横浜の名物になるわね」

おたねの声に力がこもる。

「ええ。これからも気を入れてたくさん売りますよ」

聡樹はそう言って、ぽんと二の腕をたたいた。


おたねの予言どおりになった。

夢屋の象山揚げは、居留地の外国人たちに愛されていつもすぐ売り切れた。

象山揚げのことを日記や手紙にしたためた者もいた。

その一人、英国商人のハーバート・ラッセル・ウォルポールは、日記にこう記している。

『某月某日　昼は使いをやり、夢屋のショウザンアゲを食す。

変わらぬ美味なり。飽きぬ味なり。われは海老のビターを好む。

ショウザンアゲの由来は、人名に基づくものなり。横浜を拓《ひら》き、開港すべしと主張した
偉人ショウザン・シュリ・サクマが考案せしものとか。

不幸にもショウザンは凶刃に斃れしが、その名は夢屋のショウザンアゲに残り、後世に
伝えられる。以《もっ》て瞑《めい》すべし、と言うべきか』

六

江戸へ持ち帰る分の堅パンは、桂三郎が懸命に焼いてくれた。

支度が整ったという知らせを聞いて港屋を後にし、グッドマンのパン屋へ赴いてみると、見世の者が総出で桂三郎の見送りに出るところだった。

雛屋の佐市と手代の姿もあった。手代は大きな嚢を背負っている。どうやらその中に堅パンが詰まっているらしい。

「遅くなりました」

誠之助が急ぎ足で近づいて言った。

おかなの手を引いて、おたねも続く。

「窯の都合もあるので、そうそう堅パンばかりは焼けなかったのですが」

桂三郎がそう言って、手にしたものを差し出した。

それは堅パンではなかった。すでに割られており、店主をはじめとするみなが賞味している。

「最後に焼いたパンです。よろしければ、どうぞ」

桂三郎は感慨深げにパンを差し出した。

「ああ、では、いただこう」

誠之助は大きめのかたまりを手に取ると、さらに手で裂いておたねに渡した。

「中のほうはやわらかいから」

おたねがさらにちぎっておかなに渡す。

「よく嚙んで、ゆっくり食べるのよ」

「うん」

おかなは笑顔でうなずいた。

桂三郎の仲間たちはそれぞれに口を動かしていた。同じ日本人の修業仲間もいくたりかいる。

「うめえ」

「修業の汗がしみた味だべ」

それを聞いて、桂三郎はいくたびも続けざまに瞬きをした。

パンを嚙みながら、おたねも思った。

このパンの味にしみているのは汗ばかりではない。修業にかけた時も、職人の夢も思いも、すべてが詰まった味だ。

その感慨は店主も同じだったようだ。

「オタッシャデ」

最後のパンを食べ終えたグッドマンは片言の日本語で告げると、桂三郎に右手を差し出した。

「向こうへ帰ったら、どうか養生してくださいまし」

桂三郎はその手をしっかりと握り返した。

病で体調が芳しくない店主は、本国のアメリカに戻って養生することになっているらしい。

「アリガトウ、オタッシャデ、ケイザブロウ」

グッドマンは青年の名を呼んだ。

握った手は、なかなかに離しがたい様子だった。

グッドマンが一時帰国して療養するあいだ、英国人のロバート・クラークがそのパン屋「ファミリー・ベイカー」を預かることになった。病が癒えたグッドマンは翌年、横浜に戻って営業を続けるが、クラークは同年八月に独立して本邦における食パン文化の礎を築いた。

そのパン屋の名は、王道を行く「横浜ベイカリー」だった。

七

神奈川宿の茶見世で駕籠を止め、ひと休みすることになった。

八王子に帰る桂三郎とはここでお別れだ。

茶見世からは海が見えた。光を弾く海のさざめきが束の間おさまると、目にしみるような青が広がる。

そのさまを、汁粉を飲む手を止めて、桂三郎はしばし感慨深げに見ていた。

「海、きれい」

おかなが神奈川湊のほうを指さした。

「そうね。お船もたくさんね」

おたねはどこか唄うように言って、焼き団子を口に運んだ。

甘すぎないたれがちょうどいい按配だ。

「海はもう見納めかもしれません」

桂三郎はそう言うと、思い出したように汁粉の残りを啜った。

「なに、まだ若いんだ。そのうち身を固めて、いずれ子をつれて横浜見物に来ることもあるだろう」

誠之助は励ますように言った。

向こうでは雛屋の佐市が手代に身ぶりをまじえて航路の説明をしていた。神奈川湊からは、尾張《おわり》の知多《ちた》半島との定期便など、さまざまな船が出ている。

「もしいつか、また横浜へ来ることがあったら……」

桂三郎は汁粉の椀を置き、少し間を置いてから続けた。

「真っ先にパン屋を探しますよ。ほかの日本人が開いているかもしれないので」

何かを思い切るように告げた若者の言葉を聞いて、おたねはそっとうなずいた。

桂三郎が八王子に帰郷したあと、横浜のパンづくりはさらに発展した。クラークが開いた横浜ベーカリーでは、大型のイギリス風山型もしくは角型の食パンがつくられるようになった。

明治十一年(一八七八)、打木彦太郎《うちきひこたろう》という若者が志願して横浜ベーカリーの住み込み職人となった。彦太郎は大地主の息子だったが、これからの世の中に遅れまいと西洋パンの職人を志したのだった。

十年間、懸命につとめた彦太郎は、クラークからいたく信頼され、弱冠二十四歳でベーカリーを任せられるまでになった。彦太郎は毎日食べても飽きない食パンを焼いた。志半ばでついえた桂三郎の夢は、打木彦太郎が果たすことになったのだ。

その後、彦太郎は元町にベーカリーを移転させ、終生おいしいパンを焼きつづけた。

そのベーカリー、本格的な国産食パンの草分けとなったウチキパンは、いまも横浜の元町の同じ場所で営業している。

終章　天空の夢

一

「さすがに陸《おか》へ上がると冷たいねえ」

夢屋の一枚板の席に陣取るなり、夏目与一郎が言った。

「海に入っていたほうがあたたかいくらいで」

一緒に入ってきた平田平助が髷に手をやった。

「まあ、師走《しわす》なのに泳いでこられたんですか？」

おたねがあきれたような顔つきになった。

「水が冷たいでしょうに」

おりきも言う。

「いや、春先に比べたらまだましなんだ」

水練が得意な元与力が言った。

「それがしは肉がついておるのでな」

暇な武家が笑って腹をたたく。

「それでも、さすがにもう冷たくて無理そうだな」

「風邪を引いたら困りますからな」

水練仲間の二人が言った。

「では、風邪を引かないように、あったまるものを」

おたねが厨に目配せをする。

「甘藍鍋にひと工夫したので」

おりきが笑みを浮かべた。

「ほう。甘藍と葱と豆腐のほかに何か入れるのかい」

鍋を取り出した女料理人を見て、夏目与一郎が問うた。

「今日のところは、具ははんぺんを加えるくらいなんですが……」

おりきがおたねのほうを見た。

「たれに一つ、いいものを加えてみたんですよ」

おたねはそう言うと、奥で絵草紙を読んでいた娘に声をかけた。

「かなちゃん、黄色いのを持ってきて」

「いくつ？」

「一つでいいから」

「はあい」

ややあって、おかなが小さな黄色い毬のようなものを持ってきた。

「おお、柚子《ゆず》だね」

物知りの元与力がすぐさま言った。

「さすがは夏目さま。……はい、ありがとう」

おたねが受け取る。

匂いが嫌なのかどうか、座敷でくつろいでいたさちとふじがあわてて逃げ出した。

「それはどこから仕入れたんだい？」

夏目与一郎が問うた。

「雛屋さんで削り器の刃を替えていただいた帰りに、芝神明の青物市で見つけたんですよ。武州《ぶしゅう》瀧野入村《たきのいり》（現在の埼玉県毛呂山町《もろやま》）というところの産で、とってもいい香りがするんです」

おたねが答えた。

「なるほど。具ではなくて、たれにそれを加えるわけか」

平田平助が察して言った。

「さようです。横浜の旅籠では、酢醤油でいただいたんですが、柚子のしぼり汁を加えると、びっくりするほどおいしくなるんですよ」

おたねのほおにえくぼが浮かんだ。

「なら、さっそくいただきたいね」

元与力の狂歌師が言った。

「いまから支度しますので」

おりきがきびきびと動きだした。

鍋の支度をしているあいだ、具に何を加えたらいいかという話になった。

「はんぺんが入るのなら、蒲鉾《かまぼこ》やちくわもいいんじゃないすかねえ」

太助が案を出す。

「つみれもいいかも」

横からおよしも言う。

「海老もつみれになる？」

春吉がたずねた。

「ああ、なるぞ。粗くしても、細かく切ってすりおろしてもうまい」

太助が答えた。

そうこうしているうちに寺子屋が終わり、誠之助と政太郎が戻ってきた。今日のまかないは鍋だ。

於六屋の職人衆も呑みに来たので、夢屋はにぎやかになった。鍋ができるあいだ、おかなの相手をしてくれるから助かる。

「京と大坂、どっちが江戸に近い？」

櫛づくりの職人がたずねる。

「京」

おかなは元気よく手を挙げて答えた。

「おお、凄えな。なら、大井川《おおい》と天竜川《てんりゅう》は？」

「んーと……大井川」

おかなは少し思案してから答えた。

「天竜川じゃなかったっけ？」

「馬鹿、大井川のほうが手前だぜ」

一人が身ぶりをまじえて言った。

「四つのわらべに負けてるようじゃ駄目だな」

かしら格の職人が笑う。

「年が明ければ、もう五つですから」

おたねは指を五本立てた。

当時は数えだから、正月になれば一つ増える。

「早いもんだねえ」

夏目与一郎がしみじみと言った。

「ほんに、あっと言う間で」

おたねは感慨深げに言って、壁に貼られている手習いの字を見た。

ゆめ、という字は少しだけ褪《あ》せてきた。

いまだにお地蔵さまや祠《ほこら》の前を通るたびに立ち止まって手を合わせる。どうか、おかながが無事育ちますように、もう二度と災いが降りかかってきませんようにと祈らずにはいられなかった。

「はい、上がったよ」

おりきの声で、おたねは我に返った。

鍋からいい按配の湯気が立ちのぼっている。

「はあい、運びます」

おたねは気の入った声で答えた。

二

「柚子のしぼり汁を入れただけで、こんなに変わるんだねえ」

誠之助が感に堪えたように言った。

「これなら甘藍をばくばく食べられます」

政太郎も笑みを浮かべた。

「豆腐もうめえぞ」

「葱だって負けちゃいねえや」

座敷の於六屋の面々も満足そうだ。

「ただ、象山揚げに使う堅パンと同じで、そうそう手に入るものじゃないので」

と、おたね。

「これなら、南蛮ぎらいの旦那だって文句はつけられねえだろうがな」

持ち帰り場から太助が言った。

売り物の串はあらかた売り切れてしまったが、肴の象山揚げのためにいくらか残してある。もっとも、出なかったらおのれが食べてしまおうという肚づもりもあった。

「大事なお客さんがふらっと来たときのために、ちょっとよけとかねえとな」

とは太助の弁だ。

「茸を入れてもうまいだろうな」

平田平助が言った。

「椎茸とか平茸とか」

と、おりき。

「わが甘藍も喜んでいるよ」

夏目与一郎が目を細めて言ったかと思うと、やおら一首、狂歌を詠んだ。


見晴らしのよきところをばゆずられて甘藍笑ふかんらからから

「いや、柚子と甘藍を織りこんだだけで、ちっとも面白くはないがね」

いつものとぼけた顔で、海目四目は言った。

「調べてみたところ、柚子の皮は薬用にもなるようです」

薬種問屋の跡取り息子の政太郎が言った。

「細かくして、おうどんに浮かべてもいいかも」

おたねがまた思いつきを口にした。

「稲荷寿司のご飯のところにまぶしてもおいしそう」

今度はおよしが言った。

「胡麻とか振ってあったらうめえからな、稲荷寿司は」

太助はそう言うと、伊皿子坂のほうを見た。

「だれか来たの？　太助さん」

様子を察して、おたねが問うた。

「編み笠をかぶってるけど、前にここへ来たようなお武家さまが供をつれてこちらに」

太助は目を凝らしながら答えた。

おたねが坂が見えるほうへ歩く。

果たして、その武家は夢屋のほうへやってきた。

編み笠を脱ぎ、のれんをくぐる。

おたねの表情が変わった。

久しぶりに夢屋へやってきたのは、福沢諭吉だった。

三

大事な客が来たということで、於六屋の面々は気を利かせて座敷を空けてくれた。

「すみませんでしたね」

おたねが声をかける。

「なに、つとめが残っているからよ」

「ちょうどいい頃合いだったぜ」

櫛づくりの職人衆はそう言って夢屋を出ていった。

「いま片づけますので」

おたねとおよしがばたばたと動き、座敷の片づけ物をした。

「お待たせいたしました。さあどうぞ」

おたねは身ぶりをまじえて言った。

「すまぬな」

福沢諭吉はいくらか大儀そうに座敷に上がった。

供の者はどうやら用心棒役らしい。座敷は固辞して一枚板の席に座ったから、代わりに誠之助と政太郎、それに、夏目与一郎と平田平助までお相伴《しょうばん》に与《あずか》るかたちになった。

「感慨深いなあ……」

夢屋の座敷を見回して、福沢諭吉は言った。

いかなる感慨か、一同には察しがついた。前にここへ来たとき、象山はまだ存命で、しきりに談論風発していたのだから。

「まだ象山先生のお声が聞こえるかのようです」

それと察して、誠之助が言った。

「本当に、惜しみても余りある方を亡くしてしもうた」

福沢は嘆いた。

「その象山先生が考案された象山揚げをお出しできますが」

おたねが水を向けた。

「こういうときのために取っておいたので」

太助がしれっとした顔で言う。

「そら、ぜひいただきましょう。せめてもの供養や」

福沢諭吉はそう言って目をしばたたかせた。

「甘藍豆腐鍋もうまいですよ。たれがひと味違って」

夏目与一郎が言った。

「たれに柚子のしぼり汁を入れてみたんです。さっぱりしておいしいです」

と、おたね。

「なら、それもいただきましょう。それから、酒を」

猪口を干すしぐさをまじえて、福沢は言った。

「はい、ただいま」

おたねは笑顔で答えた。

料理ができるあいだに近況を聞いた。しばらく郷里の中津藩に戻っていた福沢諭吉は、十月から出仕を始めた。外国奉行支配調役次席翻訳御用というお役目で、諸国の外交文書などを翻訳する大事な任務だ。晴れて直参旗本になったということだから、今日はその祝いも兼ねることになった。

「お待たせいたしました。揚げ粉にパンの粉を使った象山揚げでございます」

おたねが伊皿子焼の皿に盛ったものを座敷に運んだ。

「象山先生がその発案をされたとき、わたしもその場に居合わせて質問も発しましたが
……なんとも痛恨ですな」

福沢諭吉は眉間にしわを寄せた。

「福沢様もお気をつけて」

夏目与一郎が言う。

「見境なく斬りかかる輩もおりますでなぁ」

平田平助も和す。

「腕に覚えのある供をつれなければ、決して表を歩かぬようにしとります」

福沢は供のほうを手で示した。

そちらは酒ではなく茶だ。凶徒が襲ってきても返り討ちにできる手練《てだ》れが必ず付き従っていた。

「では、今日は辛だれのほうをつけて」

象山揚げに向かって手を合わせると、旗本になった翻訳御用の男は初めの串を口中に投じた。

「……うむ」

と言ったきり、言葉が出てこない。

夢屋の面々は固唾《かたず》を呑んで福沢の言葉を待った。

「あのとき、象山先生が言われた、パンを削って揚げ粉にした料理がこれですな」

福沢諭吉はそう言って、いくたびもうんうんとうなずいた。

「お味はいかがでしょう」

待ちきれないとばかりに、おたねはたずねた。

「美味ですな」

福沢は笑みを浮かべて答えた。

そして、こう言い添えた。

「開明教化の味がしますわ」

「か、かいめい？」

おたねが誠之助のほうを見る。

「何かの訳語でしょうか」

誠之助はそう察してたずねた。

「いや、毎日毎日、訳語に頭を悩ましてるもんで」

福沢諭吉はそう言うと、次の串を手に取った。

はんぺんの串だ。

縦に割って食べやすくした串に、今度は甘だれをつけて食す。

「開明教化の元の言葉は何でしょう」

政太郎がたずねた。

「英語のCivilization」

福沢諭吉はそう答え、食べかけの串をすっと立てた。

「西洋へ行ったら、こんな縦に長い建物が沢山《ようけ》ありましたわ。あれをひと目見たら、攘夷がいかにあほらしいか分かると思います」

福沢はそう言って、残りの串を胃の腑に落とした。

「そのあたりで、象山先生と話が合っておられました」

あの日のことを思い出して、誠之助が言った。

「つらいですなあ」

福沢諭吉はおたねが注いだ酒をくいと呑み干した。

「まあしかし、あとに残ったもんが、できることを一つずつやっていくしかありまへん。辛気臭《くそ》うても、訳語を一つずつ吟味するとか」

「それでさきほどの、えーと……」

おたねは言葉に詰まった。

「かいめいきょうか」

おかながわりに答えたから、夢屋に笑いがわいた。

「さすがは将来の女医者さんやな」

福沢諭吉が破顔一笑した。

「でも、よく分かんない」

おかなは正直に言った。

「それは、おじちゃんの訳語が下手やさかいや。もっとええ言葉があると思うんやけどなあ」

福沢諭吉は首をひねった。

その「もっとええ言葉」を思いつくのは、後年になってからのことだった。

明治八年（一八七五）、福沢諭吉は『文明論之概略』を上梓した。

そのなかでCivilizationの訳語として使った「文明開化」はたちまち浸透し、俗謡にも唄われるほどになった。


ざんぎり頭をたたいてみれば、文明開化の音がする……

四

明けて元治二年（一八六五）になった（慶応への改元は四月）。

ちょうど穏やかな日和だったから、正月休みの夢屋の家族は芝神明まで初詣に行くことにした。

「あっ、凧《たこ》」

おかなが指さした。

雲一つない正月の空を白い凧が舞っている。字が書いてあるようだが、高く揚がりすぎていて読み取れない。

「戻ったら、つくってあげよう」

誠之助が言った。

「わあい」

おかなが無邪気に喜ぶ。

「だったら、字はかなちゃんが書いて」

おたねが水を向けた。

「うん、そうする」

おかなは乗り気で言った。

まずはお参りを済ませることにした。太助の家族は親戚廻りをしてからここへ初詣に来ると聞いた。


二度柏手を打ち、両手を合わせておたねは祈った。

正月だからといって、格別に大きな願い事はしなかった。

今年も無事、過ごせますように。災いがありませんように。

おかなが滞りなく育ちますように。

ひたすらにそれだけを祈った。

「さあ、汁粉屋にでも寄るか」

誠之助が水を向けた。

「うんっ」

おかなが元気よくうなずいた。

門前の汁粉屋はにぎわっていたが、幸い、少し待ったら席が空いた。

正月らしく、みな餅が入った汁粉を頼んだ。誠之助は小腹がすいているらしく、団子の盛り合わせも注文した。

「ふうふうしてあげようか？」

おたねが問うた。

「もう五つだから、わたしがやる」

おかなはそう答えて、懸命に息を吹きかけた。

向こうの席では赤子が泣いている。まだ若い母親はだいぶもてあまし気味だ。

「ちょっと前まではああだったんだがな」

誠之助が笑みを浮かべた。

「ほんに、あっと言う間で」

熱いのをこらえて餅入り汁粉を食べだした娘を見て、おたねが言った。

団子の盛り合わせが来た。

みたらし団子、餡団子、草団子。いささか見てくれは悪いが盛りはいい。

「うん、やわらかい」

さっそく食して誠之助が言う。

「ほんと、つきたてでまだぬくみが残ってるし」

おたねも笑みを浮かべた。

「わたしの分も残しといてね」

おかなが大人びた口調で言った。

いつの間にか「かなちゃん」ではなく「わたし」と言うようになっている。

「おまえの分まで取らないよ」

と、誠之助。

「残しておくから、お汁粉、ゆっくり食べなさい」

おたねが言った。

「うん、早く食べられないから」

おかなはそう言って、また汁粉の餅を口に運んだ。

五

外へ出ても、まだ空に凧が見えた。

少し出てきた風にあおられながら、初春の日ざしを受けて美しく光っている。

「まだ早いかもしれないが……」

そう前置きしてから、誠之助は続けた。

「寺子屋に通う気はあるか、おかな。通うと言っても、おれの寺子屋だが」

誠之助は白い歯を見せた。

「まあ、もう寺子屋に？」

おたねが目を瞠った。

「普通は早いが、おかなは利発な子だから、素読などにもついていけるだろう」

誠之助は言った。

「どうする？　かなちゃん」

おたねがたずねた。

「うん。お父さまの寺子屋に通う」

おかなの声が弾んだ。

「そうか。学びの初めだな」

誠之助は満足げに言った。

「お医者さんになるんだものね」

と、おたね。

「うん。象山先生に『励めよ』って言われたから」

おかなの言葉に、誠之助は今度は黙ってうなずいた。

しばらく歩くと、凧がだんだん下がってきた。

もう少しで字が見える。
「あっ」
おかなが真っ先に気づいた。
少し遅れて、おたねにも見えた。
天空を舞う白い凧には、「夢」と書かれていた。
妹をお願いね、守ってあげてね、ゆめちゃん……。
青空の果てを見ながら、おたねは胸の内で語りかけた。
その声が聞こえたかのように、「夢」と書かれた凧はまた風に乗った。
光をいっぱいに浴びながら、天空へと舞い上がっていく。
その鮮やかな姿を、おたねはしばし見つめていた。
おかなとつないだ手の、たしかなぬくもりを感じながら。

［主要参考文献］

『復元・江戸情報地図』（朝日新聞社）
日置英剛編『新国史大年表　六』（国書刊行会）
斎藤月岑著、金子光晴校訂『増訂武江年表2』（平凡社東洋文庫）
松本健一『佐久間象山（下）』（中公文庫）
大平喜間多『佐久間象山』（吉川弘文館）
『福翁自伝』（青空文庫）
『福沢諭吉作品集』（青空文庫）
松沢成文『生麦事件の暗号』（講談社）
ウェブサイト「関西歴史事件簿　佐久間象山の暗殺」（産経WEST）
ウェブサイト「象山余聞」（週刊長野）
田中博敏『お通し前菜便利集』（柴田書店）
高橋一郎『旬の魚料理』（婦人画報社）

松下幸子・榎木伊太郎編『再現江戸時代料理』（小学館）
現代語訳・料理再現　奥村彪生『万宝料理秘密箱』（ニュートンプレス）
草間俊郎『ヨコハマ洋食文化事始め』（雄山閣）
紀田順一郎『横浜開港時代の人々』（神奈川新聞社）
横浜開港資料館編『図説横浜外国人居留地』（有隣堂）
横浜開港資料館編『よこはま人物伝　歴史を彩った50人』（神奈川新聞社）
富田仁『横浜ふらんす物語』（白水社）
駒敏郎『日本魁物語』（平凡社）
斎藤多喜夫『横浜もののはじめ物語』（有隣新書）
岡田哲『たべもの起源事典　日本編』（ちくま学芸文庫）
「横浜市歴史博物館パンフレット」
ウェブサイト「見世物興行年表」
ウェブサイト「横浜元町ウチキパン」
ウェブサイト「横浜外国人居留地研究会」
ウェブサイト「毛呂山町」

光文社文庫

文庫書下ろし／長編時代小説
よこはま象山《しようざん》揚《あ》げ　南蛮《なんばん》おたね夢《ゆめ》料《りよう》理《り》(八)
著　者　倉《くら》阪《さか》鬼《き》一《いち》郎《ろう》

2019年1月20日　初版1刷発行

発行者　鈴　木　広　和
印　刷　新　藤　慶　昌　堂
製　本　ナショナル製本

発行所　株式会社　光　文　社
〒112-8011　東京都文京区音羽1-16-6
電話 (03)5395-8149　編　集　部
8116　書籍販売部
8125　業　務　部

ISBN978-4-334-77795-1　Printed in Japan

組版　萩原印刷